マナートの娘たち
ディーマ・アルザヤット
小竹由美子 訳
東京創元社

目次

# マナートの娘たち

アランへ

# 浄め（グスル）

Ghusl

明るい光のもと、肌は青白くくすんでいた。顔を囲むように巻かれた包帯で口は閉じられ、黒い髪はぺちゃんこになり、顎のところは分厚く形がわからなくなって、両頰は閉じた瞼のほうへぎゅっと寄せられている。頭と首の下には巻いたタオルが置かれているので、肩が僅かに金属の台から浮いていて、白いシーツの下では両足の親指が撚糸でいっしょに結わえられていた。

**わたしが自分でやります**、と彼女は言ったのだった。ハラーム（禁じられている、罪になる）、ハラームと男たちは答え、彼女は男たちの鼻先で笑ってみせた。**で、これは何？　これだって罪じゃないの？**　男たちは彼女といっしょに検察医のヴァンを待ち、部屋の鍵を開けて用具のある場所を彼女に教えた。皆で彼を持ち上げて台に横たえると、一番年かさの男がもう一度彼女を振り向いた。**姉妹よ、ご遺体の身支度は私たちにさせてください。**男たちが目をそらすなか、彼女は台に近づいて彼の顔の覆いをとり、出ていってくれないかと皆に頼んだ。

タオルとシーツ、真っ白な、畳まれたものが、カウンターの、プラスチックのバケツとハンドタオルの横に重ねてある。彼女はシンクで手を洗い、指が赤くなってひりひりするまで湯を流した。ざらざらした粉せっけんの粒が爪のあいだにもぐりこむ。手袋をはめるときつくて、湿った肌が締め付けられるので、はずしてカウンターに置いた。衛生マスクが箱に入っていて、スティック状の香が火を点ければいいように香立てに立ててある。

片手にハンドタオルを巻きつけて半分水の入ったバケツを持ち上げ、彼女は彼が横たわる台のほうへ行った。彼女の目には、肌が銀色の埃で、大木が燃えたあとの灰みたいなもので覆われているように見える。さ、いくわよ。右手を彼のうなじに当てて頭と両肩を持ち上げ、肌を覆う布の上から指で押さえながら左手でゆっくり優しく腹部を圧迫する。押しては離すを数回繰り返してから、シーツをちょっと持ち上げておいてさっと手際よく両脚のあいだをきれいに拭う。

小さなハナは
　おっこちた
　　井戸のなかへと　　　ハチに刺されたんだよ
かわいそうなハナ
　　かわいそうなハナ
　　　いったい
　　　　どうして
　　　おっこち
　　　　　ちゃったの？

もう一度カウンターで手を洗い、バケツをすすぐ。背を向けているのに、それでも彼の顔が見える。薄い瞼が閉じていて、その下にちゃんとあるはずだとわかっている茶色の目。動かないで立っていたら、あの金属の台の上で起き上がり、両脚を端からすとんと下ろしたりしそうだ。あたりを見まわして、壁の鏡に映る自分の姿に目を留めるだろう。俺、変な顔だな、ねえザイナブ。彼女はカウンターに摑まって体を支えながらバケツに湯を満たした。

どこにいるの？

振り向くと、彼は仰向けのままで、茶色い目は閉じていて、唇は薄紫色だ。わたしたちったら、こんなになってもまだ、かくれんぼして遊んでるよ。彼女はバケツときれいなハンドタオルを台へ持っていって置き、ゆっくりと布を濡らし、バケツのなかへ水を滴らせながら何度か絞り、あとは始めるしかなくなった。彼女はシーツをめくり、かつてはあんなに小さかった両手を見つめた。手を出しなさい、ね、ハーモウド。こんどは彼女のより大きな手の指をきれいにしていく、親指から小指へと。

これはシラミの卵
を潰すひと

これはラブネチーズを
舐(な)めるひと

これはのっぽさん、
そして役立たず

そしてこれは
指輪をはめるひと

これはアブ・ハテム
おじさん

またハンドタオルを濡らし、彼の額（ひたい）に当てて、ゆっくりと両目を拭って濃い睫毛（まつげ）を湿らせ、そして鼻へと下りて、うっすら残った傷跡の上で手をためらわせる。傷は鼻梁（びりょう）からジグザグに右へ下がって消えている。彼が転んだのは三歳のときで、彼女は九歳、廊下を追いかけまわしていたら、黒と白のタイルの上で弟が滑（すべ）って、くすくす笑いが泣き声に変わった。彼女は抱え上げて、目のあいだの傷から血がほとばしっている弟を抱きしめた。彼はぎゅっとしがみつき、泣きながら彼女の首の皮膚（ひふ）をひっぱって、姉弟の父親が部屋へ駆け込んできても姉を放そうとしなかった。

彼女の目が頭の頂へと向く、その部分はガーゼで覆われて隠されている。わたしたちできれいにしますから、と病院の看護師は言った。けっこうです、と彼女は返したかった、自分の知らないさらなる手が触ったりつつきまわしたり握ったりすることを思ってうろたえながら。今や彼女の目はガーゼ布に吸い寄せられ、やがて、なんとか意志の力で目をそらし、腕をこするハンドタオルのほうへ向けようとしながら、右腕、それから左腕と、細い体毛を肌に撫でつける。するとたちまちそれらは乾きはじめて、またくるっと丸まった。彼女は自分の腕の産毛を見た。こちらのほうがとりわけ色が薄いとか細いとかいうことはない、そして顔に笑みがぱっと浮かんで消えた。どちらも順番を待つのがいやで、二人並んでシンクに立って祈りのまえの浄（きよ）め、ウドゥを行い、かわるがわる蛇口（じゃぐち）の下で腕を動かし、手に水を貯めて髪を濡らし、口や鼻を、首や耳を洗ったものだった。

気を静めてから、また手を包帯のほうへ伸ばし、こんどはそのまわりを拭った、もじゃもじゃ房になってはみ出している黒髪を。櫛（くし）で梳（と）かしてジェルをつけて後ろへ撫でつけられていたり、ぼさぼさのまま顔を囲んで肌をなぶったりしていた髪を。彼女は手を止めて息を吸いこみ、包帯の下のガーゼ布の隅に手を伸ばし、片耳の裏を拭ってから、もう片方も、溝や突起部に沿って浄めた。おいザイナブ、こんなになっても俺をくすぐるんだね。小さなくすくす笑いが聞こえ、それはどんどん高く大きくなって響きわたり、声がどんどん迫ってきて最後の高笑いとなり、彼女はほっと息を吐いた。足へ移ると、布を置いて、濡らした両手で片足ずつ洗った。指のあいだを洗い、足の裏をマッサージした。

これは男でやるべきだ、ヴァンの到着を待つあいだ、彼らはそう主張した。

だけど、わたしにとってどういう人たちなんですか、その人たちは？　弟にとっては？

それでも彼らは言い張った。人手が要りますよ。抱えたり、動かしたり、包みこんだりするのに。

まえにも抱えあげたことはあります、彼女はぴしゃっと返した。どんなふうにするのか思い出すでしょうよ、インシャアッラー（神の思し召しがあれば）。

バケツをまたすすいで水を入れ、彼らからもらったトゲナツメの葉の粉末を掌（てのひら）からそこへ落とす。水面に緑色の粉が浮かぶのを彼女は見つめた。これから土になるの、ねえハーモウド？彼女は台の横に立って彼の顔を眺めた。姉弟が子供だったころ、交替で外科医と患者になって遊び、彼は身動きせずに横たわっていたものだった。プラスチックのナイフでつつかれたり綿棒でくすぐられたときにさいしょに動いたほうが負けだった。

洗いましょうね。

上半身の右側、それから左側、彼女は心得ていた、そして下半身の右と左。頭から足先まで。彼の体から水がちょろちょろと台の外周の溝に滴り、そして排水口から、下に置いてある二つ目のバケツに流れ落ちる。彼女は息をひそめながら包帯をほどき、手を止めて口元を見た。唇が閉じたままなのを確かめると、彼女自身の口から声が漏れた。胸の奥底から出た溜息が部屋の静寂を破った。彼女は包帯を完全に取り去るつもりはなかった。骨が砕けているとわかっている部分に、組織や神経が指の下でスポンジのように沈むとわかっている部分に自分の手で触れるつもりはなかった。見えている髪を濡らすのにじゅうぶんなだけの水を彼女は布から絞り出した。掌から、後頭部のほうへとさらに滴らせる。首のまわりや肩を布で拭く、胸を拭き、そして臍のほうへと。背中を拭こうと彼を左へ傾げた彼女は、その重さに驚き、彼の体がそのまま滑らないようにするために自分の両腕の筋肉が緊張するのを感じた。

　最後に抱え上げたのは弟が十歳のときで、やっと彼女の肩までの背丈しかなかった。父親が仕事から戻らず、母親は台所にすわり、電話に向かって泣きじゃくる合間に小声で何かしゃべっていて、あえぐ呼気が冷たい空気に溶けていた。彼女は弟が居間の絨毯の上で震えているのを見つけた。おもらししていて、黙ったままうろたえて床に釘付けになり、冬の木に残った最後の葉のように震える以外体を動かせないでいた。彼女は両腕を彼の腰にまわして引っ張り上げ、歩いてよ、と言った。でも弟の脚は震えるばかりで、そのとき、弟は立てないのだとわかった。彼女はさっと弟を抱き上げて両脚を腕で包み込んだ。浴室で弟の服を脱がせ、湯船にすわらせて、貨物船の低く響く汽笛の音を真似して魚が旋回しながら水から飛び出すみたいに両手で水しぶきをあげてみせると、やっと震えが止まったのだった。

　胴体をシーツで覆ったまま、彼女はその下へ、指先に布を巻きつけた手を差し入れ、両脚の裏側とあいだをもう一度拭った。右脚をつま先へと、それから左脚。今自分が触れているところに知らない手が触れていたのかもしれない、彼女のあずかり知らないような、違う目的で、などという考えはなるべく心から押しやろうとした。ちょっと変な気分があとに残った。これをまたすっかり繰り返さなくてはならないのはわかっていた。三回、五回、九回。第七天国みたいなにおいになるまで、シドラトゥルムンタハ（聖木）みたいなにおいになるまでね。だが繰り返すたびに彼女の動きは心もとなくなっていき、拭いながら何度かちらちら顔を見ては確認した。

最後にバケツに水を満たすと、溶け込んだ無色の樟脳（しょうのう）のにおいが、防虫剤やユーカリ、ローズマリーやベリーを彼女に思い出させた。それまで彼を覆っていたシーツを取り去り、臍から膝（ひざ）までを覆う小さな布だけにする。蛍光灯に照らされた裸の体は長く幅広く見え、かつて小さかった手を両手で包みこんだことを、細い肩を抱いたことを思い起こした。頭から足まで水を注ぎ、台の溝を流れてプラスチックのバケツに落ちるときに漂（ただよ）う香りを吸いこんだ。

わたしは目で蝶を追った
　ひらひらと
蝶は　　　　　　わたしの
　まわりを飛ぶ
　　つかまえようと走ったけれど、蝶は　逃げた
わたしの手から
　蝶はどこにいるのだろう？
　　飛んで　　いってしまった

大きなタオルを一枚広げて、彼の体を拭きはじめる。そっと頭を持ち上げて、髪の湿り気をひと房ずつ拭うと、綿の布に、そして彼女の手に水が浸みてくるのが感じられた。ずっと水を使っているので指先の皮膚がしなびている。もう二度と乾かないかもしれない、ねえハーモウド。

父が戻されたあの日、母は自分の胸を拳（こぶし）で打ち、髪をひとつかみ掴んでは頭皮から引き抜き、そのうち隣人たちがやってきた。お医者を呼んでと叫ぶ弟を誰かが引き離した。彼女はもうじゅうぶん大きかったので、医者の必要はないとわかっていた。今中庭に横たわっている、火傷（やけど）や切り傷だらけで皮膚がめくれて切り刻まれた筋肉がみえていて凝固（ぎょうこ）した血がこびりついたあの体は、もはや彼女の知らない死体なのだと。

彼女は後ろに下がって、眼の前にある、きれいになって湿り気を帯びた体を眺めた。見落とした部分がないか細かく確かめる。あればまた水を注いで布で拭かなくてはならない。背後でドアの開く音がしたので、台に近寄ってから振り返ると、さきほどの年配の男、唯一彼女に話しかけたあの男だった。若い男が付き従っていて、二人はべつのキャスター付きの台を、もっと小さくて溝のないものをあいだに挟んで引いてきていた。彼女が横に寄って黙って立っていると、男たちはその台を彼が寝かされている横に並べた。だが若いほうが重ねてあった屍衣（しい）を広げはじめると、彼女は近づき、男の手に手を置いて止めた。男は目を見開いて手を引っ込め、後ろに下がったが、何か言おうと口を開くと年配の男がそちらへ身を寄せて囁（ささや）いたので、若いほうは黙ったままでいた。きっと、あいつらどう判断したらいいかわからないんだ、ねえザイナブ。面白がっている声だ、にやついている響きがある、と彼女にはわかった。

彼女は二枚の大きなシーツを広げ、何もない台に重ねて敷いた。小さめのシーツを彼が横たわっているところへ持っていくと、男たちが見守るなか、体の上に広げた。シーツで首までおおうと、手の動きがためらいを見せる、彼の体を一気に抱え上げることなどできないのはわかっていた。彼女は後ろに下がって男たちが自分の両側に来られるようにし、彼らが手袋をはめた手を弟のほうへ差し伸べると、両脇で拳をぎゅっと握りしめた。男たちが持ち上げると首ががくっとなって頭が後ろへ反り、彼女はコンクリートの床を両足でぐっと踏みしめた。彼らが二番目の台に弟を下ろして頭がまた平らに落ち着くと、年配の男がシーツの下に手を入れて腿を覆っていた布を取り出した。若いほうの男がシーツの角を持つともっと上へ引っ張りはじめた。彼女は男に近寄った。若々しい腹の膨らみが呼吸につれて出たり引っ込んだりするのが感じられるくらい、息を吸い込むと鼻毛が震えるのがわかるくらい近くに立った。またも年配の男が介入し、若い男の肘を掴むとドアの方へと導いた。

　父親の墓を覆う土がまだ新しかったころ、彼らは彼女の弟を連れに来た。覆面をし、ごついブーツを履いた男たちが祖父の顔を平手打ちし、母が見つめている前で彼女の服を引き裂いてやると脅した。**そしてあんたはおりこうさんに物音ひとつ立てずすわってた。台所の戸棚のなかで、鍋や瓶や米だの粉だのの袋の陰に隠れて。**男たちは出ていくときに祖父を連れていき、母の鼻から滴る血がタイルの上に花びらみたいに散っていた。

　彼女はこんどはカウンターに立って、小さなボウルのなかでビャクダンのペーストを混ぜた。なんどもなんども香りを吸いこんで両手をしっかり動かそうと努める。**あんたを土みたいなにおいにしなくちゃ、ねえハーモウド、木とその下の土みたいなにおいに。**弟がまだ顔を覆われたないまま横たわっているところへ戻ると、彼女は指でペーストを彼の額と鼻につけてよくすりこんだが、それでも青白い肌に茶色が残る。彼の手を取って、ペーストを片方の掌に塗り、それからもう片方に、シーツの下に手を伸ばして両膝にも塗り、それから足にも。台の上にあるのが自分の足ならいいのに、と彼女は思った。自分の脚、自分の体ならよかったのに。代わりに弟が手を茶色に染めて彼女の額に触れるところを想像する。でもその想像の中で彼の顔は無言の悲しみに歪（ゆが）み、そんな考えを彼女の心から押し出してしまった。

彼ら三人は暗闇を、明かりのついていない部屋の静けさやノックの音が響かないことを求めて新しい国へやってきた。名前がなんの意味ももたない場所へ。いっしょに母親がなくしたもろもろを、彼らの言葉をほとばしらせてきた物語を探した。なぜかはわからないが、弟が自分より背が高く、体が大きくなると、彼女は安心した。あの早朝、弟が働いていた店の裏で見つかったとき、彼の頭蓋はぱっくり割れて傷口から血が流れ、黒髪を伝ってアスファルトに滴っていて、医者を呼んだのは彼女だった。

わたしは小鳥を飼っていた、
　その雄鳥の世話をした、
　　そして鳥の羽が生えてきて体が大きくなると、
　　　雄鳥はわたしの頬をつつくようになった
　　　　ヂクヂクヂクヂクヂーク

こんどは左腕をそっと曲げて掌を胸に平らに押し当て、右腕も折り曲げて右の掌を左手の上に重ねる。そしてこうやって祈るのよ、ねえハーモウド。弟が六歳のとき、腰を曲げて両膝を握ることを、それから額を地面につけることを彼女は教えた。まだ小さすぎると両親は笑ったが、弟が成長して言葉やその意味を学んで、いろんなことを説明してやったり自分が知っていることを教えてやれるようになるのを、彼女は何年も待っていたのだ。アルファベットに自転車の乗り方、生きている動物や絶滅した動物の名前、太陽系の惑星とその月。だから、彼女が礼拝用の敷物の弟の横に立って同じ動作をするよう言うと、彼は言われたとおりに両手で胸に、それから膝に触れて、ひざまずいて額をカーペットにつけ、また体を起こした。そのあと何年も、弟が祈るのはいつも彼女に先導されてだった。

　彼女は眩い光の下に立って、指先でシーツの端を撫でた。弟の眉の弧を、はみ出している毛髪を視線でなぞった。笑ったときに眉がどんなふうになるか思い描く、ぎゅっと眉根を寄せるさまを。そしてはじめて、彼の目のそばに細いしわがあるのに気付いた。この先わたしたちを、誰の目が見てくれるの？　母はもう言葉が出ないだろうと彼女にはわかっていた。シーツを口の上へ、それからもっと上へと引っ張る彼女自身の言葉は、帆もオールもない舟のようだった。シーツで彼をくるんで、まんなかに紐を巻きつけて端を結わえると、彼女は空手でたたずんだ。サンドイッチみたいにしてよ、ねえザイナブ。弟をベッドシーツの上に寝かせて、端から端まで転がして巻きつけると、重なった布越しにくすくす笑う声が聞こえたものだった。母や父が通りかかると、子供たちといっしょに笑ったっけ。あの子がちゃんと息できるようにしておくんだよ、ねえザイナブ。

# マナート*の娘たち

Daughters of Manāt

*イスラム教以前にアラビア半島で崇拝されていた女神

彼女が目覚めると、いつもと同じくカーテンの隙間からかすかな風が吹きこんでいた。これも同じく夜明けの影が天井に広がっている。ほかの影が反射しているように見える灰色のもので、本体は消えてしまった原始の残像のようだ。外では鳥たちのコーラスが大きくなってゆく。音が絡み合って震える。ほかに誰を起こしているのやら。

彼女はバスルームで歯を磨き、髪を梳かした。鏡には自分の顔の輪郭だけが浮かんでいる。明かりをつけないまま服を着た、黒っぽい長めのスカートと淡い色のブラウス、厚手のタイツとロングブーツ。メイクブラシを頬に滑らせ、湿らせた指先で眉を撫でる。石の床に響くヒールの音で鳥の合唱をかき消し、一瞬動きを止めると、一羽の鳥だけが奏でる間奏曲が耳に聞こえてきた。せわしないさえずりのか細いメロディが。彼女は窓辺へ歩き、カーテンを開け、窓を上へスライドさせる。窓の張り出しにのぼって、飛び降りた。

落下する彼女のスカートは広がって花のように開き、その姿を下から見た人たちは、あの人は宙を滑空していたと言った。彼女の体は昇る太陽を遮ったが、薄いブラウスが明け方の光を吸収して体が照り輝いた。店開きの支度をしていたパン屋は、彼女が飛ぶにつれて輝きを増し、しまいに燃える球体に、白熱した金星（ヴィーナス）になるのを見守った。一日のさいしょの礼拝へ向かおうとしていた牧師は、通りで足を止めて十字を切り、キリストの尊い血に祈った。炎の化身（ロード・オブ・ポース・ポロス）がまたも我らのなかに現れたのだ。

落下しながら、彼女は時間が遅くなっているのを感じた。目の前には大地が果てしなく広がり、自分が地上から高いところに浮いているのはわかっていたのだが、そこにはひとつの平面しかなく、大地も空も同じくそこに含まれているように思えた。そんなふうに平らなので、自分が暮らす通りの、街の遙か遠くまで見渡すことができた。「アフリカの角」（アフリカ大陸東端のソマリアとエチオピアの一部を占める半島）のカーヴや青い紅海が見分けられた。ほかに何が見えたかって？　アビシニアジャッカルがメクラネズミを追いかけるのが、チョウチョウウオが連れ合いを探すのが。地球がそれまで信じ込まされていたよりも小さいことに、湾曲しているせいでそれぞれの部分がべつべつにしか見えていなかったことに彼女は気がついた。

わたしの伯母のザイナブは、十二歳になるころには父親よりも背が高く、母親よりもふっくらしていた。黒くて艶（つや）やかな髪は腰まで垂れていた。睫毛（まつげ）は二重に生えていて、この生まれつきの変異のおかげで彼女の目は磨かれたサンストーンのように輝いていた。近所の幼馴染みの男の子たちは、かつては鬼ごっこしていて彼女を地面に押し倒したり、おんぶしてイーストアンマンの起伏のある狭い通りを行ったり来たりしていたのに、今では静かな敬意をもって、軽い敵意を示して、道を譲るのだった。

　何か月かのあいだ、汗ばんだ手に菓子の箱を握って玄関に立つ求婚者たちを追い返し、学校から家まで娘にくっついてきて後ろから声をかける連中を追い払ったあげく、わたしの祖父母はなんとかしなければならないと思った。ザイナブ自身は見つめられたり口笛を吹かれたり声を掛けられたりしても気にしないようになった。彼女は頭の回転が速く、その鋸（のこぎり）のような舌で無神経極まりない求婚者の自信さえもずたずたにすることができ、彼女にとって男の子たちというのは、怖気（おじけ）づいてびくびくしている野良猫みたいなものだった。とはいえ、よく言われるように当時は時代が違い、そういう女の子にはちゃんとした目配りが必要だった。そこでわたしの伯母は十二歳で結婚した。

　二十代の相手の男は信心深い一族の出で、ザイナブが女になるまで処女のままでいさせてやってほしいというわたしの祖母の要求に同意した。ザイナブの話を初めて聞いたとき、それはどうやってわかるのだろうとわたしは不思議だった。背が高くなったらそうなの？　わたしもそうなったら女だということになるの？　わたしの母は一部の子供たちより背が低かった。お母さんは女じゃないの？

　子供だったにしろそうじゃなかったにしろ、ザイナブは婚家で働かされた。中庭を掃き、タイルを磨き、排水管から髪の毛の塊（かたまり）を取り出し、スープに入れる玉ねぎを刻んだ。何箱もの玉ねぎを、幾つものピラミッド形に積み上げられた玉ねぎを。あまりにたくさん刻んだので、年をとってからも伯母は玉ねぎを嫌い、袖（そで）で鼻を覆ってこの世に生まれてきたことを呪いながら、玉ねぎのにおいから逃れようと外へ飛び出すのだった。

若きザイナブがどのくらいのあいだ夫の家族を我慢しなければならなかったのかは知らない——祖母に言わせると二週間、ザイナブによると二か月——が、毎日日が沈むと伯母は婚家を逃げ出して実家に戻った。夜ごとにどんどん遅くまで実家に居座って、両方の家族を呪い、自分の運命を嘆き、熱い涙を流して床に唾を吐き、あんたたち全員にきっと不幸が降りかかるからね、と言った。彼女は毎晩新しい家へ引きずられて戻っていった、髪を振り乱し、声を嗄らした状態で。

隣人たちがなんとかしようと、祈ったり励ましたり、お茶や軟膏を持ってきたりしたが、何も役に立たなかった。ザイナブは相変わらず怒り狂い、自分の艶やかな黒髪を切ってしまいさえした——耳の先がはみ出すほど短く。「いたずら小僧みたい！」と祖母は言ったものだ。ザイナブはもっとやると脅かした。通りに出て家族を辱めてやる、赤の他人相手に家族を罵ってやる、と。しまいに、これは失敗だったということになり、結婚は取り消されて皆がほっとしたのだった。

両親が働いているあいだ、伯母のザイナブがわたしの面倒をみてくれた。伯母は母より十七年上で、わたしが生まれたころには伯母自身の子供たちは大きくなって家を出ていた。わたしはほかの誰よりも伯母といる時間が長かったので、何年ものあいだ、このせいで自分はきっと伯母みたいに醜くなるに違いないと思っていた。伯母の手は関節炎で指が鉤爪のように曲がっていて、脱色のしすぎで頭皮が干上がった地面みたいになっていた。「口の形がいいとか爪が長いとかってことが大事なんだと思ってるんでしょ?」と、伯母はタバコ臭い吐息の味がするくらいに顔を寄せて言うのだった。

わたしの十歳の誕生日に、伯母は紫のアイシングをかけた白いカップケーキを作ってランチのあとで学校へ届けてくれた。教室の入口にトレイを持って立ちながら、伯母はわたしを見つけようと先生の周囲を見まわし、子供たちの列に細めた目をきょときょと走らせた。わたしは伯母に素早い感謝の一瞥を投げておいてそっぽを向き、伯母が誰の目にも留まらないことを祈った。その午後は教室で、みんなで三角形の帽子をかぶってパーティーが開かれた。色とりどりのリボンがたなびき風船が浮かぶ下で、友だちのオニがケーキを食べる合間にわたしの口にキスした。教卓の上の小型カセットプレーヤーからディズニーの歌が流れ、先生のミズ・ノーランは一生懸命生徒たちに、どうやってハムスターのハリーを檻から出せばいいか、どうやって怖がらせないように両手でそっと包めばいいか見せようとしていた。

唇のアイシングを舐めながら、オニに向かってくすくす笑うと、口元にもっとアイシングをつけた彼女はまたわたしにキスしようと顔を寄せてきたが、顔がすぐそばまで来たところでノーラン先生の手でぐっと引き戻され、出ていかされた。わたしはカップケーキを置いてほかの子供たちを見まわした。わたしたちのことを見ていたんだろうか、と考えた。何を見たんだろう? 何人かは窓の傍に群がって、よく見ようと押し合いへし合いしていた。ガラスの向こうでノーラン先生が口をパクパク動かしながら何か言っていて、オニの唇は泣いているかのように震えていた。

とつぜん叫び声がしてわたしたちが窓から振り返ると、ハムスターのハリーを抱えていた子が教室のなかでそのハムスターを追いかけまわしていた。たちまち二十人以上の生徒たちが追跡に加わり、ハリーを捕まえて檻に戻そうとした。だが怯えたハムスターは足を止めようとはせず、バックパックや本や机の脚や人間の脚のあいだを縫って駆けまわり続けた。さほどたたないうちに笑い声は金切り声に変わった。紙が舞い散り、子供たちは追いかけながら互いの体につまづいて転んだ。ノーラン先生が騒ぎを聞きつけて室内へ駆け戻ってきたときにはもう遅かった。ハリーは誰かに踏んづけられて、黒いビーズのような目の片方が眼窩から飛び出し、血まみれの細い神経の先にぶら下がってカーペットを見つめていた。

目覚めると、あなたの舌にはタバコの後味がまといつき、肌からはウィスキーのにおいがぷんぷんする。水のさいしょの数口は何かの滓のように喉を刺激し、あなたは無理に飲み下す。浴室のシンクで、あなたは瞼のアイラインをこすり落とそうとするが、目を縁取る褪せたグレーは石鹼と水にはびくともせず、ずっとそこに留まるつもりでいる。あなたは歯を磨いてうがいをし、もう一度磨きながらキッチンのコーヒーメーカーのスイッチを入れる。髪を梳かすと、ごくわずかばかりの髪の房が抜け落ちる。あなたの頭に五年、十年、十五年生えていた髪が、足元のカーペットに落ちて見えなくなる。ほかにどんなものをあなたは、気づかずに落としているのだろう？

コーヒーを飲みながら、あなたはベージュのクリームをチューブから絞り出して肌に塗り、そばかすまで消してしまう。マスカラが乾いていて睫毛のあいだで塊になってしまうので、蛇口から細く水を滴らせた下に一、二秒棒を差し出し、容器に戻して振ってからまた捩じって開ける。両目それぞれに五回ずつ塗りつける。唇に紅を引くと乾いた感じだ、しわのところに色が溜まって赤い静脈の糸みたいになってしまうだろう。ブラウスのボタンを留め、タイツを引っ張り上げながら、片方の脚が伝線していることに気づく。スカートの丈は長めだけれど隠れない。窓を開けると、ハエが一匹ぶーんと耳の横を飛んで肩のむこうへいく。ハエはドレッサーに止まり、こちらを向いてじっと動かない、目はあなたを観察している。

　落下しながらあなたは、アスファルトで自分の体はどんな音をたてるのだろうと考える。映画に出てくるようなあんな顔になるんだろうか、驚きの表情で目を見開いて。出血がほとんど内出血だけになるといいんだけど、とあなたは思う、目撃した誰かが気分が悪くなったりしないように。ちょっとしてから落下の速度が落ちていることに気が付く。空中に漂っていることに、どこへ行くかは思うに任せないものの、どちらでも好きなほうを向けるということに気づく。目が変化しているのをあなたは感じる、眼窩から飛び出しながらそれぞれが千個の目となり、もはや動かないのにすべてが見える、無数の像がひとつになる。

　そんなとき、あなたの目に彼らが映る、並んで立っている。いちばんの年長者は黒衣をまとい、二番目は太陽のように輝いている。いちばん若い人だけが寄ってきて、持っている二本の剣の片方をあなたに手渡し、あなたの耳に囁く。彼女は何を言う？　あなたはなぜ屋根の上から彼女に祈るのをやめたのか、あなたの子供たちはなぜもう彼女の名前をつけられていないのか、と彼女は問う。屋根もないし子供もいないし、祈ることなど教わったことがないのだとあなたは答える。あなたは彼女についていこうとする、彼女のように浮いていようとする、ところがまたもあなたは落下しはじめる。

十七のとき、わたしはボーイフレンドの家の洗濯室で初体験をした。彼の両親はキッチンで夕食を作っていて、わたしたちは居間で音楽を聴きながら物理の中間試験の勉強をしているはずだった。代わりに、足音が近づいてきたら聞こえるよう音楽の音を小さくしておいて、わたしたちは膝に広げた教科書の下で互いの体に手を伸ばした。彼は身を寄せてきてわたしの首にキスし、指をさらに下に滑らせ、それまでにもまさぐりあったことはあったのだが、燃えるような思いを感じたのは、たまらなくなったのはあれが初めてだった。

洗濯機と乾燥機に加えて、その部屋には洗剤類を置く棚があり、モップや箒がフックに掛かっていた。彼の首を引き寄せて口にキスしながらわたしはまたもあの高まりとうねりを体のなかに感じ、パンツをずり下ろしてから彼のも引き下げた。彼はちょっと笑い、わたしも笑い、そしてわたしたちは神経を鎮めようとまたキスした。さいしょの数分間、わたしたちはおずおずと用心深い手つきで互いの体をまさぐりながら呼吸を落ち着かせようとした。

しまいにあの狭い場所で互いに体を押しつけあいはじめ、わたしは自分の体に欲望が生まれてそれが満たされるのを感じ、これは意味のあることなんだ、こんな場所ではあるけれどこうしているわたしも意味のある存在なんだ、という気がした。

部屋は暑くてわたしたちは汗まみれになり、彼の手の下でわたしの体はつるつる滑った。でも彼は握る手に力をこめるとわたしを持ち上げ、引き寄せた。「君ってメチャクソきれいだ」と彼は言って、さらに深くわたしのなかへ押し入った。「君ってメチャクソきれいだ」彼はまた言い、わたしの腕に触れている彼の腕の力が強くなるのを感じた。

ザイナブの二度目の結婚相手は澄んだ青い目で黒っぽい口ひげを生やしていた。腹は大きくでっぱって手足は肉のない鶏の骨みたいだったけれど、ハンサムだとされていた。婚約パーティーで、彼女は六回衣装替えをして、ビーズやスパンコールで飾られたドレスを脱いだり着たりし、パンプスやサンダルやハイヒールやピカピカ光る靴を履き替えた。彼女の夫は妻の首に何連かのパールのネックレスを留め、厚手の金のバングルを両の手首に滑らせた。そのころ彼女は十九歳、いっそう美しくなっていた。近隣の女の子は一人残らず羨（うらや）んでいた、と祖母は言っていた。招かれなかった人たちは窓のまわりに群がって、彼女をひと目見よう、それぞれのドレスごとにどんな髪型にしているのか、彼女の目がどんなふうに鮮やかな黄色に輝くのか観察しようとした。

彼女は相変わらず周囲の目を気にするところはなく、煙草（たばこ）を吸いながら新しい夫やその友だちと夜ふけまでビールを飲んでいた。彼女の服はどんどん短くなり、尻は大きくなり、彼女と顔を合わせると皆が注意した。「煙草を吸うと肌が黄ばむよ」と彼らは言った。「そんなにビールを飲んだら太るよ」と。彼女はそういう人たちに冗談を言ったり話を聞かせたりして追い払った、相手の腕の贅肉を摘まんだり、顔のたるんだ皮膚(ひふ)を引っ張ったりしながら。でもわたしの祖母が言い張るので、お守りを身に着けるようになった。サファイア色の目を象ったお守りを、胸の谷間に落ち着くようにチェーンで首から下げたのだ。

　結婚して五年経っても彼女は子供ができず、これはまさに長らく彼女を羨み、密かに彼女の美と健康を呪っていた連中のせいだということに皆の意見が一致した。わたしの祖母は彼女を治療師や予言者や宗教指導者のところへ連れていき、しまいに、ヨーロッパ最高の不妊治療クリニックへ連れていった。伯母のザイナブが妊娠してわたしのいとこのリームを産むまでにさらに五年の月日が流れることとなる。そのあとたった三か月で、彼女は夫がべつの女とベッドにいるところへ踏み込むこととなる、夫のボールのような腹が女の尻の上で弾んでいた。

　物語はここで暗くなる。夫の浮気を発見してすぐ、ザイナブは顔の左側をコントロールできなくなった。瞼は垂れ下がり、眠っていても完全には閉じない。口の半分が下がっているので、もう笑顔を作れなくなった。わたしの祖母は脳卒中による麻痺(まひ)だと言った。わたしの母はショックのせいだと考えた。だって、その女は夫の愛人というだけでなく、二番目の妻にしてほかの三人の子の母親だったという事実に、ザイナブが耐えられるわけがないではないか？

　大学に入って一年目、わたしのルームメートが四回デートした男に殴られ、目の周りが黒くなって鼻血を出した。前の晩のパーティーで、彼女がほかの男とキスしているのをその男の友だちが見ていて、そして翌日の夕方、男はわたしたちのアパートの建物の廊下で彼女を待っていて、それは本当かと訊ねたのだ。わたしたちの部屋のドアのカギを開けながら、彼女は本当だと認めた。謝りかけた彼女は、男の拳(こぶし)に顔面を強打され、続いて体をあちこち殴られるのを感じた。「お前のこと好きだったのに」男はそう繰り返しながら彼女を殴った。

　わたしが授業から戻ると、彼女はわたしたちの居間の床に倒れ、顔が血まみれになっていた。背の高い彼女があんなに小さく見えるなんて想像もしなかった。両腕も首も痣(あざ)ができ、髪には唾が吐きかけられていた。彼女は病院で治療を受け、それからソーシャルワーカー二名とセラピスト、警官三名から話を聞かれた。片方の目を眼帯で覆った彼女は相手のひとりひとりをまっすぐに見つめ、腫(は)れあがってほとんど開かない口で同じ答えを繰り返した。彼らが去ると、わたしは彼女のむき出しの足に目を留めた。塗り直す時間がないと前夜彼女がこぼしていた、剝(は)げかけた赤いペディキュアに。

　男は逮捕され、一時間も経たずに保釈された。三週間後に審理が行われ、わたしは裁判所の傍聴席にすわって、ルームメートが同じことを答えるのを、彼女の体から血を流させた当人を見つめながらまた答えるのを聴いた。裁判長がその男に一年間のカウンセリングと半年間の社会奉仕活動という判決を下すのを聴いた。検事と被告人側弁護人が男の犯罪をどう呼ぶべきか、気のないやりとりを交わしたあとのことだった。彼は重傷を負わせたのか？　怪我の程度は？　単純な暴行事件だったのかそれとも加重暴行事件だったのか？　家庭内暴力ならば親密な関係がなくてはならない。親密さにはどういう構成要件が必要か？

今日はいつもより重く感じられそうだ、起き上がるのが。体の重さでわたしたちは息が詰まりそう、肩や肺が押さえつけられて息がしづらくなりそうだ。わたしたちはベッドにいたいと思うだろう、上掛けを頭の上までひっかぶって静寂のなかで肺をあえがせておきたいと。石板が拭われて黒が灰色に、そして灰色が白になるのを思い描くと体を動かしやすくなる。浴室の鏡にはあなたの顔が映るだろう、わたしたちの顔ではなく。あなたの目はヴェールで覆われたオパールのよう、あなたの眉は疑問符のよう。あなたはどこをねぐらにしているのか？　あなたはどこから見ているのか？

コーヒーが沸くとわたしたちはそれを注いで一気に飲んで舌をやけどするだろう。痛む指の関節を、わたしたちはごめんねとさするだろう。遊び場の鉄棒をこの指でぎゅっと摑んで勢いよく体を宙へ投げ出して、タン皮材が敷かれたところへ着地できるほど力があったことを、奇跡のひとっ飛びには樹皮の棘がつきものだったことを思い出すだろう。今じゃ年取ってしまった、とわたしたちは言うだろう。細かいけれどはっきりわかるしわができている。肌は薄くなり、滑らかではなくなっている。メイクでは隠せないので代わりにわたしたちはシミを布で覆う。コットンやウールやシルクはわたしたちがいまだにどうすればいいのかわからないことをちゃんとわかっている。わたしたちは首にスカーフを巻いて血管がじんじんして脈が遅くなるまで締めて、それから緩める。窓を開けると冷たい空気が顔にあたり、わたしたちは窓敷居にもたれかかって息を吸い込むだろう。吸っているこの空気がわたしたちの空気ではないことを、忘れようと努めるだろう。

外へ出ると、わたしたちは通りを歩きながら歩道を眺めるだろう。紫の斑点のある十セント硬貨くらいの大きさの卵がちょうど巣から落ちてきて割れ、アスファルトの上に黄身が流れ出していて、わたしたちは命のしるしを探してしまうだろう。黒い目、まだ形がちゃんとできていない嘴。わたしたちは疲労感を覚え、誰がどこで何をするかという頭のなかのリストに手を伸ばし、割れた殻の横に身を横たえて哀悼にくれたくなる気持ちを抑えるだろう。代わりに、わたしたちは新聞紙で卵をすくい、柵で囲われた木の根元に置く。塵は塵に、命は土に。樹上のさえずりは低くしゃがれていて、その鳴き声は何時間もわたしたちの耳のなかで響いていることだろう。

一日が過ぎ、光が闇へと変わっていくだろう。わたしたちは窓から、太陽を抱えるようにして三日月が現れ、それからどちらも消えるのを眺めるだろう。そのときだ、わたしたちがせいいっぱい声を張り上げてあなたたちに呼びかけるのは。あなたたちは黒い石と白い花崗岩だが、わたしたちの母親でもあるのではないか？ 塩にかけて、炎にかけて、なぜあなたたちはわたしたちを見捨てたのです？ わたしたちに聞こえるのはまたも沈黙だけだろう。

わたしが頭を剃ったとき、祖母は口をきいてくれなかった。「男の子みたいに見えるってあの子に言ってちょうだい」、わたしが帰省すると、祖母はわたしの父にそう言った。週末のあいだずっと祖母は数珠を手に持って家のなかを歩きまわりながら、頭をふっておまじないやお祈りをぶつぶつ唱えていた。「男の子みたいな頭じゃ、結婚相手なんかぜったい見つからないってあの子に言ってやって」と祖母は言った。

　わたしは大学卒業を間近に控え、妊娠二カ月だった。友だちのアレックスが車で一週間のあいだに二度診療所へ連れていってくれた。さいしょのときは、看護師が冷たいジェルをわたしの腹に塗って、超音波検査の棒状の器具を円を描くように動かした。彼女はわたしの顔を画面のほうへ向けさせたが、わたしはすでにそこでうごめく灰色の塊を見ていた。彼女は映像の説明を始めた。ぼんやりした部分やかろうじて見えるところについて、そしてわたしが瞼を閉じるのを見ていたのだとしても見ていないふりをした。二度目に行ったときには、不器量な女性の医師がわたしに麻酔をかけて施術した。目が覚めると医師は優しい言葉をかけてわたしの手を握ってくれた。

「今はそういう敵愾心むき出しのスタイルはまずかったんじゃないかな?」、わたしのスキンヘッドを見た大学のカウンセラーはそう言った。わたしは受けられる就職面接を片端から受けていた、卒業してもぜったい家へは帰らないつもりでいたのだ。六つ目のときに、業務マネージャーとの面接を済ませたわたしを受付係が自分のデスクへ呼び戻した。「わたしが言うことじゃないかもしれないけれど、あなた、かつらをかぶることを考えたほうがいいかもしれないわよ、治療を終えるか髪がまた伸びるまでね。あなたのためを思って言ってるの。そういうのって、見るほうはどぎまぎしちゃうのよね」

卒業式で、わたしがクラス・スピーカーとして紹介されると、両親は観客席から微笑み、スピーチを終えたときには皆が拍手するなかで両親の拍手がはっきり聞こえた。懇親会で、ある教授が両親に、さぞ嬉しいでしょうと声をかけ、優秀な娘さんを育てられましたねと称賛した。嬉しいなんてものではありません、娘は自分がどんな人にも負けない立派な人間であることを証明してくれました、と父は答えた。「男だろうと女だろうと」と父は付け加えた。母はにっこりして頷き、そして教授が歩み去るとわたしのほうを向いた。「この先は素晴らしいことばかりね」と母は言った。「あんたの髪がまた伸びてきてよかった」

しまいには、ザイナブの顔は普通に戻った。あの最悪の日々を彼女は泣いて過ごした、とわたしの母は語った。ゆっくり長々と、太古からの叫びのようにうめいた。でもそれほど経たないうちに彼女は落ち着き、必要なときだけしゃべるようになったが、自分の幼い娘のためでさえじゅうぶんな力を奮い起こすことができなかった。顔の筋肉をまたコントロールできるようになって初めて、なんとか笑ったり顔をしかめたりできるようになって初めて、彼女の勢いが戻ってきたように思えた。以前辛辣だったというなら、今や痛烈だった。彼女の冗談が不適切だったというなら、今では野卑だった。

夫との離婚は許されなかった、べつに彼女がそれを望んだというわけではなかったが。代わりに彼女は夫の二番目の妻の悪口を、聞いてくれる人なら誰にでも言いふらした、聞きたがる人はたくさんいたのだ。夫にはありとあらゆる罵詈雑言を投げつけた、日が昇ってから沈むまで。しまいに夫は家へ帰ってこなくなった。ほかの町から訪ねてきた親戚が夫はどこにいるのかと訊ねると、彼女は満足げな薄ら笑いを浮かべて答えるのだった。「あら、あの人仕事が忙しいから。夜遅くまで働くんでね。神よあの人の股間にお恵みを」とか、「誰？　ああ！　あの毎晩ショーやってるイタズラ男？」とか。みんなびっくりした、とわたしの祖母は言った、というか、ともかくびっくりした顔をした、と。彼らは話を聞いていて、本当のことを教えてくれと皆が要求した。ザイナブが答えるべきだと言うのだった。

　まあそんなわけで、ザイナブが暇なときに近所の店の店主であるしゃがれ声で笑い卑猥な冗談を飛ばすことで知られる男とおしゃべりして過ごすようになっても、異議を唱える者はいなかった。認めたわけではない、反対する勇気がなかったのだ。わたしの祖母だけが理を説こうとした。「世間がなんて言うかしら？」と祖母は懇願した、「娘のことを考えてよ。ふしだらな母親がいる娘と結婚したがる人なんていないでしょ？」。

　ある日ザイナブはスーツケースに荷造りすると、当時三歳だったわたしの従姉を連れて、友人にも家族にも、隣人にも赤の他人にも、誰にも一言も告げずに近所の店の男と駆け落ちした。「今はもう世間の口にものぼらないかもしれないけれど」とわたしの祖母は話した。その顔は涙で濡れていた。「いえいえとんでもない」と祖母は言った、「あの人たちはお墓のなかからだってしゃべるでしょうよ」。アメリカに着いて六か月後、わたしの伯母ザイナブは二番目の娘を産んだ、わたしの従姉のファーラーだ。それから結婚していた十年のあいだ一年おきに伯母はさらにひとりずつ産んだ。

わたしはもう五年のあいだ移動を続けている。ときには、明け方の影がどこに落ちるか覚え、どの鳥が樹上でさえずっているのかわかるくらいまでひとところにいることもあった。でもしまいには出ていくのだった。三か月のあいだ、一つの場所で基礎を掘りコンクリートを混ぜ合わせた。丸一年のあいだ、苗木を植えて、育ってきたものに水をやった。竹を編んで椅子を作ること、カメの巣と通路のまわりに防護壁をつくって孵化した子ガメたちが迷子にならずに海へ行けるようにすることを覚えた。こんなことをしているあいだずっと、家へは帰っていない。電話の向こうの母の声はどんどん冷ややかになり、父はもう、いつ帰ってくるのかとは訊ねない。伯母のザイナブだけがわたしの声を聞いて笑う。

三番目にして最後の夫が死んだとき、ザイナブは喪に服そうとしなかった。わたしの祖母はそのころには年をとって寡婦となっていたのだが、口出ししなかった。ザイナブが堂々と人前で笑ったり、黄色や紫の服を着たり、また髪を脱色してパーマをかけたりしても、祖母は何か言う人に向かって両手を開いて振ってみせた。「もうたくさん」と祖母は言うのだった。「言葉にだって味があるからね（悪口を言うと後味が悪い、の意）、食べ物と同じく」

家を出ていく一か月まえ、わたしは錠剤をたくさん飲んで、それを出すために病院で二度胃洗浄された。わたしはベッドのなかで薬を飲んで上掛けを頭の上までひっぱりあげて目を閉じたのだった。眠りに落ちながら、サンゴのあいだをミノカサゴが泳ぎまわるのを、ユーカリの木の上にコアラがすわっているのを見た。空気は澄んでいて、呼吸ができた。病室で目覚めると、消毒薬のにおいがむんむんして、両親のわめき声が響いていた。両親は医者や看護師やわたしに向かって叫んでいた。「お願いだから回復して」と両親は言っていた、「お願いだからこの子を治して」。ほかの人たちは皆それぞれ病室のなかを慌(あわただ)しく動きまわっているのに、祖母だけはじっと立って片手でわたしの足をさすりながらもう片方で数珠をまさぐっていた。「あのね」と祖母は言った、「あたしたちの言葉には女名前が何百とあるけれど、あたしたちの名前は勝利だけを意味するんだよ」。

　二年まえに祖母が死んだとき、わたしは家から何千マイルも離れた干上がった川のそばにすわって、子供のころの祖母がどんなだったか思いえがこうとしてみた。祖母の結婚まえの写真は一枚しか見たことがなかった。そのころにはすでに祖母の目は女の目だった、うねる大海に浮かぶ孤島のそれだった。彼女は十五で結婚し、二十四になるまでに七人の子を産んだ。生涯その手で米やレンズマメをより分け、魚のはらわたを取り出し、鶏の骨を抜いた。家具の布張りのやり方やブドウの蔓(つる)を横や上へ伸ばしてやるにはどうしたらいいか知っていた、痣や傷を見えなくするにはどうしたらいいか、自分の人生の価値を見定めてそれでもなお立ち上がるにはどうしたらいいか知っていた。

彼(か)の人たちは眠る、そして影の国で剣を鞘(さや)から抜き、向かってくる者めがけて突き刺す。ローブを身にまとった偽の戦士たちが、石で彼の人たちを打ち砕こうとする、短剣で突き刺そうとする。だが明けの明星が現れ、空を白っぽい真珠色に染め、彼の人たちのほうを照らす。彼の人たちが流す血は汚れているけれど大地を肥やす。アカシアの木が群れになって生え、彼の人たちの足元で成長し、日差しがきつくなるとその花が日よけになってくれる。翼の先端が黒く頭頂が真っ赤なツルが三羽、木々の上を旋回する、彼らの空の高貴なる支配者たちだ。

　彼の人たちが目覚めると庭にいる、迷路のようで広大な。幅広のツゲの木の生垣がめぐらされてどの方向も見えず、彼の人たちの背丈では上端から覗くわけにもいかない。代わりに、植物越しに互いに声を掛けあい、消えていく互いの足音を追う。道は曲がりくねっているものの、しまいに彼の人たちはその果てに行きつく、落ちてごらんと手招きする切り立った崖っぷちに。彼の人たちは後ずさりする、ほかの人たちより素早く下がる人もいれば、先端の近くでぐずぐずしながら、落ちるときには体の重さがなくなることを、留まるときの体の重さを考える人もいる。

　さいしょのひとりが身を乗り出して、宙に向かってよろめいたように見えてからだ、つぎつぎと近寄っていくのは。ひとり、またひとりと、今度はジャンプする、目を閉じて両脚をどきどきしている胸のほうへ引き上げている人もいれば、両腕を広げてぱたぱたさせている人もいる。落ちていく彼の人たちの声が響きわたる。真っ逆さまに飛び込む人もいる、両腕を脇につけて体を矢のようにして。それぞれ異なった速度で落ちてゆく、雨粒のように一直線に落ちる人もいれば、もっとゆっくり滑らかに、目に見えない丘陵（きゅうりょう）を歩いていくように上がり下がりしながら落ちていく人もいる。

彼の人たちの目には何が映る？　ライオンに乳を飲ませるガゼル、谷を走るラクダ、ラクダの顔に面掛（おもがい）は付けられておらず、背を拘束するものはなく、空気は湿り気を帯びて澄んでいる。

# 失踪

Disappearance

イタン・パッツが失踪した夏、ニューヨークは焼けるような暑さだった。「地獄の売春婦よりアツい」一日の仕事を終えた父はそう言ったものだった。汚れた襟元をたるませ、頭皮を濡れたサンドペーパーみたいにして。

母親たちは三か月のあいだ僕たちを屋内に閉じ込めて、金輪際外に出そうとはしなかった。イタンをさらった男がさらに獲物を求めて近隣をうろついていると確信していたのだ。魔法使いの帽子をかぶった狂人が男の子が何人も入った鍋を箒の柄でかきまわしている様を、僕は想像した、かがみこんで腿のところをつまんでは柔らかくなったか確かめるのだ。鍋のなかの僕たちはどんなにおいになるんだろうと考えた。きっとひどいにおいだ、クールエイドの粉末ジュースにプレイドー粘土、運動用ソックスに錆びた一セント銅貨をぜんぶいっしょにしたような。

「外へ出せよ、このアマ」と僕は毎朝要求し、母の掌が後頭部にバシンと飛んでくるのをうまく避けた。ああいうときの母は大嫌いだった、やたら偉そうな僕の監視人、幅広で弾力のある、花柄の布に包まれた空気の入ったゴムボートみたいな。なんだってプールや野球の試合や色とりどりのシャーベットを重ねたコーンから引き離されていなくてはならないのか、僕には納得できなかった。母は意見を変えなかった、一度として。その後の人生でも同じだった、コンクリートのなかの釘のように揺るぎなかった、葬られるまで。そのときでさえ、最後の最後まで、まだ「かわいそうなイタン」のことをしゃべっていた。

あの夏、シーツを引っ摑んでパラシュート代わりにして窓から飛び降りないでいられたのは、ひとえにトミー・パランスキーのおかげだった。彼は僕たちの下の住居に引っ越してきたのだが、彼の母親も息子を外に出さなかったのだ。僕たちは毎朝、僕たちの暮らす四階建ての建物の階段を駆け上がったり駆け下りたりし、埃のこびりついた窓ガラス越しに差し込む光が、僕たちに青白い光の筋を投げかけた。僕たちはレゴやゴムボールや丸めた新聞紙や溶けて短くなったロウソクや古いスリッパを集めた——気づかれずにくすねられる物ならなんでも。それから階段の吹き抜けの両端の段に陣取り、壊れた段ボール箱やプラスチックの桶で軍事基地を作り、寄せ集めの兵器を手に宣戦を布告した。僕の弟のラルフは戸口に立って見ていた、涎をだらだら垂らしながら何も言わずに。

「ベン、ラルフもいっしょに遊んでやって」と居間から母が大声で言う。母はそこにすわりこんで、ジャガイモの皮をむいたりサヤマメを鋏で切って水きりザルのなかへ落としたりしていて、その後ろではいつもレコードプレイヤーから決まってファイルーズ（レバノン出身の有名歌手）の歌声が甲高く流れていた。

「あいつは涎垂らすことしかしないんだよ、ママ」と僕は怒鳴り返すのだった。それからじっと動かずに、母のむくんだ足に踏まれた床板がきしむ音がしないか聞き耳を立てる。ちょっと長いあいだ僕をほうっておいてくれることもあったが、しまいにはやってくる、重い体でリノリウムの床を踏みしめ、それから吹き抜けのコンクリートをずしんずしんと横切って。母は僕の耳をぽっちゃりした湿った指で摘まんで、母の顎から生えている黒い短い毛が見えるところまで引き寄せる。

「あの子が生まれてこのかた、世間はあたしらの態度を見てあの子をどう扱うか決めようとしてるんだよ」と母は言う。だけど本当にあいつはどこもかしこも涎だらけにするのだ、あいつの体から出てくるほかのいろんな液体とごちゃまぜになったやつを吐きかけるのだった。汗と鼻水と唾が、あいつの顔にも首にも、Tシャツにも、僕たち兄弟のトンカのトラックや緑色の兵隊たちにも。暑さで状況はいっそうひどかった。あいつは目を覚ましたときはじゅうぶん乾いているのに、昼飯のころには汚水バケツにつっこんであるスポンジみたいになっている。

僕は耳をこすりながらあいつの手をとって自分の基地へ連れていき、前線に立たせて大砲を渡し、トミーに向かって撃たせた。あいつはその気になっているときには僕の命令をよく聞くので、そうさせておくしかなかった。シャンプーの空容器をトミーの肩にぶつけさせたり、ブロック状の木片を頭にぶつけさせたり。

「不公平だ、それじゃお前らは二人じゃないか」とトミーは文句を言った。

「黙れ。こいつはおバカな半人前なんだ」と僕は言い返す。そのうちトミーは飽きてしまい、四つん這いになって這いはじめる。頭のおかしいゴリラかなにか野生動物みたいに、うーうー唸りながら胸を叩いたり。そんなふうにしながらラルフのまわりをまわり、近寄ってくんくん嗅ぎ、それからおえっという顔で後ずさる。とてもトミーを非難はできなかった。あの子はたいていの日は酢漬け卵みたいなにおいをさせていたのだ。ラルフはまったく反応しなかった。ただじっと前を見つめていて、ちゃんとトミーが目に入っているのか、そもそもトミーを見ているのかもわからなかった。僕があのとき弟のことを、母が思っているような具合にかわいそうに思っていたとは言えない。まるで気にしていないように見える人間を気の毒がっても意味がなかった。

「あの子、何考えてるんだろうな?」とトミーが訊ねた。僕にはラルフの心に何が過っているのか見当がつかなかったし、そもそもどこが悪いのかもきちんと言えなかった。弟が生まれたとき僕は三歳で、あと二年もしたら立って遊べるようになるからね、と母は言っていた。僕は弟に自分のいちばん新しいホットウィールのミニカーや、いちばんいいトランスフォーマーをやろうとし、弟の首の後ろに枕カバーを垂らしていっしょにスーパーヒーローになって飛ぼうとさえした。でも弟はそういうものを何ひとつ欲しがらなかった。確かに立つようにはなって、言葉も幾つか覚えたが、あいつの目は、僕たちの目みたいには動かなかった。まるであいつにとって僕たちは単なる舞台の裏方で、あいつはショーが始まるのを待ってるんだ、みたいな感じだった。

昼ごろになると階段の吹き抜けは我慢できないほど暑くなるので、僕たちは地下に逃れる、そこのむき出しのレンガ壁は日の光があたらないので、触るとひんやりしていた。空っぽのトランクが幾つかと椅子が一脚あるだけで、あとはそこにはほとんど何もなかった。ときおり母親たちがそれぞれ扇風機を持って降りるのを許してくれることがあり、僕たちはそれを両側の壁のそばにひとつずつ置いてラルフを真ん中に立たせた。それから二人でジェット機のように体を傾けて向きを変えながら弟のまわりをまわった。両腕を広げて薄いTシャツに風が吹き抜けるようにすると、腋の下が乾いて背筋がぞくぞくするのだった。

疲れ果てると床に寝ころんで、こうして外に出られないまま残りの夏が減っていき、白カビと酢のにおいのする教室で過ごす新たな九か月の始まりが近づいているという話をした。「あの子も学校行くの?」とトミーが一度ラルフについて訊ねたことがある。僕は答えなかった。父はラルフを学校へ行かせたがり、そのまえの年に何週間か特別学級に行かせてみたことがあった。ところが、どこかの子にひどく引っ掻かれてしまった。鉛筆の欠けた先端を弟の手首の柔らかいところに押しつけ、前腕を上へ下へと皮膚が破れるまで動かしたのだ。その日の午後じゅうラルフは何も言わなかった。そのあとの授業のあいだも、夕食でも、ただすわっていて、僕といっしょに「トムとジェリー」を観さえした。風呂に入れようと服を脱がせてはじめて、皮膚が刻まれて、乾いた血が赤い灰みたいに剝がれ落ちるのを母は目にしたのだった。そのときだった、母が断固たる態度で「もうたくさん」と言ったのは。母はそれから弟のホームスクーリングの許可をとったのだが、まずそのまえに足音荒く階段を下りて三区画歩いて学校へ行き、職員全員を萎縮させ、あるいは泣かせたのだった。

　僕たちの地下室での会話は必ずすぐに「可哀そうなイタン」の話になった。午後じゅうずっと僕たちはイタンにどんなことが起こったのか想像して過ごした。ラルフと同じ六歳で、そして初めてひとりでバス停まで歩いていって行方不明になる。なんて巡り合わせだろう。僕たちがいるみたいな地下室に隠されているところを思い描いた。縛られて、世間の目に触れないようにされている。時には本気でのめりこんで、シナリオをすっかり作り上げることもあった。僕たちはあの子が石で打ち殺されるのや生きたまま埋められるのを想像した。カルト宗教の神への生贄として火で焼かれると、炎が大きくなるにつれてあの子の悲鳴は甲高くなっていく。皮をはがされてチャイナタウンのとある肉屋に吊るされるところも想像した、夕食用にフライパンかオーブンで焼かれるのを待っているウサギみたいに。僕はいつもそういう場面を完璧に思い描くことができた。イタンの写真は毎晩ニュースに登場したし、父が読む新聞の一面にも毎朝出ていた。僕はほかの誰の顔よりもよくイタンの顔を知っていた、もしかしたら自分の顔よりも。髪はブロンドで女の子みたいに長い。両目は間隔があいていて、青い。きゅっと頰に食いこんで唇の向こうへと広がる微笑み。ぜんぶ冗談だよ、今にも戻ってくるかも、とでも言いたげな薄ら笑いだ。

　ときには紐を持ってきてかわるがわる相手を椅子に縛り付けて、「イタンと人さらい」ごっこをすることもあった。ラルフはただ涎を垂らしながら見ていた。戦争用の武器が拷問道具に変わり、僕たちは互いに喉を切り裂いたり指を一本ずつ捩じ切ったりし、そうしながら「金をありったけ寄越せ」とか「金の隠し場所はどこだ、チンピラめ」みたいなことをわめいた。人さらいは被害者に金を要求したりしないのは知っていた——でも、なら何を要求するのか、求めているものはなんなのか、僕たちにはよくわからなかった。それでそのまま続けた。僕がトミーを椅子にしっかり縛り付けて、どこに財産を隠したか言わないとプラスチックの銃でここから木星まで瞬間移動させてやると脅かしているところを、一度僕の母に見つかったことがある。僕たちはあやうく母にズタズタに引き裂かれるところだったが、ちょうど帰ってきた父は争ったりする気分ではなかったので、こんなふうに言ってくれた、「なあサルワ、そいつらは檻に入れられたフェレットみたいなものなんだ。ときにはおふざけもやらせてやらないとな」。それでもなお、母はトミーの母親に言いつけて、扇風機を上へ戻させた。だがその週末には僕たちはまた地下で同じことをやっていた。

　うんと大胆不敵な気分になると、僕たちはそっと一階へ降りていった。狭いオープンスペースに放置自転車が置かれていて、外へ出るドアがあった。僕は言いつけられないようラルフもいっしょに引っ張っていき、トミーが金属の掛け金を外して分厚く大きなドアを開け、そして一人ずつ湿度の高い空気のなかへ頭を突き出すのだった。すぐさま僕たちは互いをけしかけはじめる、歩道へ出てみろよ、グアテマラ人の男が果物とタバコを売っているところまで歩いてみろ、そしてしまいには、この区画をぐるっと、二周じゃなくてもせめて一周全速力でまわってきてみろ、と。三十年以上経った今でさえ、走るにつれて温かい空気で肺がいっぱいになる感覚が、どっと肺に流れこんで渦巻く感覚が蘇る。果物の屋台を通り過ぎたはずだ、それから右へ曲がり、アール薬局を過ぎ、ビデオ店を過ぎ、また右へ曲がってディディズ・ドーナツの前を駆け抜け、ホットドッグのカートとコインランドリーを通り過ぎる。そんな具合だったはずだが、あのときはどんな店の前を通っているかなんて言えなかった。通りは見知らぬ異質なものに感じられた、生まれてこのかた歩いていて、あの一帯の光景や色彩しか知らなかったのに。代わりに、僕の目にちらちら入るのは唇のカーヴや鼻の角度、眉のアーチやしかめっ面のしわだった。片耳にダイヤのスタッドをつけた禿頭の男がシャッターを下ろした店にもたれかかり、フェドーラ帽をかぶったスーツ姿の男が通り過ぎざま僕の腕をかすめ、ショートパンツとスニーカーだけの男がバスケットボールを手でつきながら通っていく。うんと速く走っていたので、そんな誰ひとりとしてちゃんと見たりはしなかった。彼らの目の色を言うことなどできなかったが、彼らが僕を見ていたのかもしれないということはわかっていた、その気があれば僕を観察できただろう。最後の角を曲がりながら、僕は狂乱とでも言うべき状態へと突入する。血管を奔流が巡り、怖いもの知らずの、なんでもできるような気持ちになると同時に、僕が戻るのを誰かが待っていてくれるんだからなにもするもんかと思ってほっとするのだった。

　ラルフが行方不明になったのが正確にはいつだったのかは言えない。わかっているのは、学校が始まるまえの週で、太陽が低くなって何もかもオレンジ色に染めてしまうころだったということだけだ。

　トミーの両親がクィーンズに住む親戚を訪問することになり、夕食のあとまで息子さんをみていてあげましょうと僕の母は申し出た。あのころ僕はぜったい学校の友だちを家へ呼ばなかったし、お泊り会なんてもってのほかだった。一度だけ一人呼んだことがあった。ジョーイという子で、ラルフはジョーイが持ってきたダイヤモンドゲームを涎でべとべとにし、夕食のときには、母がニンジンの蒸し煮とライスを食べさせようとしても口をぎゅっと閉じたままだった。食事が終わるころには顔がオレンジ色のどろどろまみれになっていて、ジョーイは動物園の見世物でも見るみたいにラルフをじっと見つめていた。翌日になると、クラスじゅうがその話でもちきりだった。

確かに、トミーはラルフがいつもくっついているのを特に喜んでいるわけではなかったが、ラルフのことはわかっていた。ああいう弟を持つのがどういうことを意味しどういうことは意味しないか、何を示し何を示さないかわかっていた。トミーが僕たちと食事することになるとわかったとき、僕は母に何か普通の料理にしてくれと頼んだ。時は一九七九年、サウスシー・ビーフとかチキン・タヒチアンとかいった名前のエキゾチックな響きの料理が大人気だった——父がなんとか吐き出さないようにしようと汗をかいたり、ラルフが嚙みかけの塊を皿に吐き出し続けて、しまいに母が降参してホットドッグを作ってやる羽目になるような、新機軸の料理だ。

でもあの夜、母は同意してスパゲティ・ボロネーゼを作ってくれることになり、潰したニンニクとぐつぐつ煮えるトマトソースのにおいが、建物の一階部分で前かがみになって両手を膝に当て、はあはあいっている僕とトミーのところまで漂ってきた。僕たちはもうそれぞれこの区画を三周走っていて、そのあいだラルフはすわって自分のプラスチック製トラックで遊んでいた。

「なあベン。あいつに一度だけやらせてみろよ」とトミーがまだあえぎながら言った。

「なんで?」

「同じことばっかりやってるのに飽きたからだよ」

僕は肩をすくめた。「僕たち、レゴで遊べばいいじゃないか」

「おいおい。あいつは行きたがってるぞ、そうだろ、ラルフ?」トミーがそう言ってラルフの顔を見ると、車輪が最後の一個になってしまったトラックを持ち上げたラルフは、その車輪を指ではじいて回していた。

「そろそろ晩御飯だ」と僕は言った。「どうせ、あいつはやりたがらないよ」

「ぜったいやるよ、お前が言いさえしたらあいつはなんでもいうこときくさ」

ちょうどそのときラルフがちらと僕を見上げ、僕はその表情に何かを探したのを覚えている。顔をぴくぴく動かすとか、タイミングよく瞬(まばた)きするとか。何かないかと。だが相変わらず、あの口をぽかんと開けた凝視(ぎょうし)だけだった。

「ほらな？」とトミーが言った。「あいつ、お前がやれって言うのを待ってるんだ」

僕はその場に立っていた、ほんの一分ほどだったはずだが、時間全体が僕の前で引き延ばされているような気がした、シリーパティー（シリコン系ポリマーを主成分とする伸縮性と弾力性のある玩具）のように同時にあらゆる方向へ引き延ばされているような気が。耳がかっかして、顔もきっとそうなるとわかっていた。あいつがとにかく何か言ってくれたらいいのにと思ったのを覚えている。あいつが口を開けて、あのわけのわからない頭から「うん」とか「いやだ」とかいう言葉を引き出してくれないものかと。以前にあいつがしゃべるのを聞いたことはあった、しゃべれるのはわかっていた。なのに、しゃべってほしいと思ったときに限ってしゃべることができない。しゃべろうとしない。代わりに、あいつは黙ったまますわって見つめるだけで、僕は腹のなかがかっと熱くなってくるように思えた、誰かが僕の腹のなかでマッチを点けて置いていったみたいに。

「わかった」と僕は言った、「ラルフ、この区画をひとまわり走ってこい」。トミーはちょっと嬉しそうな声をあげると、重いドアを引いて開けた。ラルフはゆっくりと立ち上がり、ドアのほうへ歩きながらも、そのあいだじっと見つめる僕から目をそらすことはしなかった。そのとき僕は、あいつが向きを変えて代わりに階段を上っていってくれたらいいのにと願った。テレビを観ようとか、料理している母のスカートにしがみつこうとかなにか、そんな気を起こしてくれたらいいのにと。ほらね、と言ってやろう、あいつはやらないって言っただろ。

ところが弟はやってのけた。ドアを通り抜けると五段下りて歩道へ出て、光に慣らそうと目を細めた。そのとき、これはほんとうに起こっていることなんだ、と僕は思った。ラルフはこれからひとりでこの区画を走るんだ、初めてひとりで外へ出るんだ、と。そしてとにかく終わってほしかった。「速く走るんだぞ、ラルフ。この区画をぐるっと、いいな?」と僕は呼びかけた、「この区画をさっと一周するんだ」。でも弟はもう僕を見てはいなかった、空や歩道に目を向けていた。

弟は果物の屋台に向かいはじめたところだった。腕をぎこちなく両脇にくっつけているが、歩みはしっかり方向が定まっている、そのとき階上から母が僕の名前を大声で呼ぶのが聞こえた。トミーは、無視しろと首を振った。だがまた母の声がした、今度はもっと大きな声だ、返事しなければ母は階段を駆け下りてくるだろう、太い湾曲した脚で雄牛が突進するみたいな勢いで。僕は戸口に立ってラルフを呼んだが、弟はもう角まで行っていて、声は届かなかった。またも僕の名前が母の唇から発せられて耳に響いた。トミーは、今度は僕を階段のほうへ押しやろうとする、僕たちのやったことが見つかったら二人とも恐ろしい罰を食らうとわかっているのだ。

一度に二段ずつ階段を駆け上がると、母はテレビに身をかがめていた。「これをキッチンへ動かしたいの、ベン。あっちいったりこっちいったりはもうたくさん」母がちらっとでも僕の顔を見ていれば、あの場ですぐに僕が何をしでかしたか気づいただろう、だが母はテレビをしっかり摑もうと苦労していた。「ほら、そっち側を持ってよ」そのテレビは重かった、単体で置くなどもってのほか、まずは見慣れた家具に見せ掛けなければとばかりに木製コンソールのなかにはめ込まれているタイプだ。持ち上げるのはあまりに大変だったが、押すのは不可能だった。僕たちの体格の違いも問題だった。いったん持ち上げても数歩ごとにまた下ろして持ち上げ直さなくてはならない。母の額には汗が浮き、服は体にラップみたいに張り付いていた。母にバレたらどんな目に遭わされるかとあれほど心配していなかったら、母を気の毒に思ったことだろう。ひと休みしているときにラルフのことを訊かれ、トミーといっしょに階段にいると僕は答えた。ぜったい確かだという顔で。ぜったい確かだと信じたかった。かなりの時が過ぎた。

あの忌々しいしろものをようやくキッチンへ移動させ、母が顔を上げて僕と目をあわせようとしたときにはもう僕はドアへ向かっていた。「ラルフとトミーをここへ連れてきて。今日はもうじゅうぶん遊んだでしょ」僕は返事しないで出ていき、走りながら二度転びかけ、最後の数段は滑り降りた。一階に着くと、あの大きなドアは閉まっていた。僕は一瞬わけがわからずそこに立って、振り向いて階段を見てみさえした、なぜかトミーとラルフがそこに立って待っているんじゃないかと思ったのだ。でもその場にいるのは僕だけだった。

ドアを開けると、僕がそこにいなかったのはたぶん十五分くらいだったはずなのに、すでに陽光が変わりかけていた――紫色になってからすっかり消えてしまう直前に明るさが増すように思える、あの感じだ。右手ではカップルが立って言い争っていた。男は女に、現在でもなお僕が口にしたくないような悪態をつき、女は罵る男を殴ろうとしていた。男が僕のほうを向きかけたので、僕は男の後ろの果物の屋台のほうを見た。そこではお母さんが娘にスライスしたマンゴーをひと袋買いながら、煙草に火を点けていた。反対方向を見てみたが、汚らしい猫がゴミをかきまわしているだけで、歩道にはひと気がなかった。タクシーや車が互いにクラクションを鳴らしながら通りを行く。光が薄れるにつれて一対のヘッドライトがつぎつぎとついていった。胸がぎゅっと押しつぶされる気がした。空全体に押さえつけられるような、自分は神ののし板にすぎない、みたいな。

歩道に出て、背後でドアが閉まる音を聞いてから、ブザーを鳴らして母にドアを開けてもらわないとなかへ戻れないことに気が付いた。喧嘩していたカップルはもうどこかへ行ってしまい、お母さんと娘は通りを渡っていた。僕は歩道を右へ左へと二、三回見てから、屋台に向かって駆け出し、角を曲がってスピードをあげた。どこもかしこも見た、ラルフを求めて目を動かしながら、どんな色のシャツを着ていたか、ブルーだったかグリーンだったか思い出そうとした。バットマンのだったのかそれともジョーカーのだったか。ふらふらして気持ちが悪くなってきた、食べ過ぎたか食べ足りなかったときみたいに、自分がいっぱいで同時にからっぽな気がした。

走るうちにこれで区画を三周したと気づいた。毎回新しい顔を見かけ、それに同じ顔も見かけたけれど、そこには何か新しいものがあった。頬の傷、乱杭歯（らんぐいば）、肌の日焼け。僕はその人たちの目をのぞきこんでトミーとラルフの行方の手掛かりが何かないか探した、誰か二人を見ていないか、誰が二人を連れ去ったのか。

四回目に走ったときは、果物売りが品物を片付けはじめていて、通り過ぎる僕に頷（うなず）いてみせた。一歩進むごとに残っていたわずかばかりの光がいっそうはやく散っていくように思えた。この世から、というかすくなくとも僕のいるところから去りたがっているかのように。そして僕はだんだん母からどんな目に遭わされるかあまり心配ではなくなり、ラルフの身が、魔法使いがあの子にどんなことをするかが不安になってきた。何か大きなことが起こってくれないかと願ったのを覚えている、竜巻とか地震とか、とにかくあのとき起こっていたことよりも大きなことが。歩道のその場で叫ばないでいられたのは走り続けなければいけないという思いがあったからこそだった。それと、トミーがあの子といっしょにいるはずだとわかっていたからだ、トミーはあの魔法使いの後を地下牢までつけていって、ラルフと、それにイタンも救ってくれるだろうと。二人を自由にして、代わりに魔法使いを縛り上げてくれるだろう。

三十分後、僕はキッチンの床にすわっていた。隅にうずくまり、警官たちがアパートを出入りして、無線がガーガーと彼らだけにわかる暗号を発していた。父は捜索隊といっしょに歩いて近隣を探しまわっていた。トミーの両親も戻っていて、母親はうちの外の廊下に立って警官たちに向かって息子を見つけてくれとわめき、父親はうちのキッチンにすわって顔を両手に埋めていた。

同じ警官が僕に何度も何度も話を繰り返させた。僕がトミーとラルフを一階においていったこと。僕たちは空気を入れようとドアを開けていたかもしれない、もしかしたら僕たちはほんの数分ずつかわるがわる外へ出ていたかもしれない。質問は続いた――同じ質問が言葉を入れ替えて、しまいに僕の母親が警官のほうを向いて、やめてください、と言った。そのときでさえ、母は僕と目を合わせようとはしなかった。今でも僕の頭に浮かぶのはあの母の姿だ、煙草の吸い過ぎで死ぬまで、あれから二十年生きたのだけれど。母は片方の親指をもう片方の掌にずっと押しつけていた。あんまり強く押しつけるので穴が開くんじゃないかと思えるくらいだった。警官に見せてくれと言われてラルフの写真を掲げるときだけやめるのだった。「いいえ、あの子はブロンドじゃないです。写真屋のライトのせいです。なんでも違って見えてしまうんです」と母は繰り返していた。

近所の人たちがかわるがわる我が家の戸口に現れて、いっしょに祈りますと申し出ると、一度たりとも母が日曜のミサを欠席した覚えなど僕にはなかったのに、それよりも通りを歩いて探してくれたほうが助かります、と母は言うのだった。でもとにかく僕は祈った。アベマリアと主の祈りをごちゃ混ぜにして、僕の玩具（おもちゃ）をぜんぶラルフにやります、あの子が見つかりさえしたら二度とほかの物は欲しがりません、と約束した。ある時点でひとりの警官から、階段の手前まで下りてきて僕たちが正確にはどこで遊んでいたのか教えてくれと言われた。誰がいつどこに立っていたか説明してくれ、と。母のほうを見ると、母は頷いたものの、相変わらず母の目は僕と目を合わせるのを拒んでいた。

建物の一階には数人の警官が立っていて、ドアは今や大きく開けられていた。報道陣の車やレポーター、さらに何人かの警官や近所の人たちが見えた。そのとき赤いブレザーを着た女の人が僕に気づき、建物のほうへ駆け寄ってきた。警官たちがさっと戸口を塞ぎ、僕とのあいだに立ちはだかった。それでもなお、女の人が警官たちの肩越しにのぞきこんでいるのが見えた。ほかの人たちもそれに加わった――動きまわるマイクやカメラや声の集団が。ドアから離れてくださいと警官が命じ、僕を引き戻したが、そのまえにひとりが、失踪の参考人ですか、と訊ねるのが聞こえた。


地下でラルフが縛られているのを警官たちが見つけたとき、母はひどく大きな凄まじい叫び声をあげ、長い遠吠えのようなその声は次第に弱まって低い呻きになった。警官たちが踏み込んだとき、トミーはプラスチックの銃を持っていて、ラルフの顔はその銃でトミーに殴られたところがみみずばれになっていた。ラルフはあの椅子にシャツなしですわり、両腕と両脚を縛られて、口にはファンタスティック・フォーのTシャツで猿轡を噛まされていた。首に流れた涙が乾いていて、ズボンはびしょぬれ、部屋は小便の臭いがぷんぷんしていた。警官たちがラルフを連れてうちの家の玄関をくぐり母の腕に渡すと、弟はほんの一瞬僕のほうを向き、その目はぴくりともしなかったし瞬きもしなかったが、僕にはそこに込められているものがわかった。

トミーがどうなったのかは知らない。彼の両親は翌日引っ越し、一家の住まいは数か月のあいだ空いていた。その夜、母は一時間近くかけてラルフを風呂に入れ、そのあいだ父はドアのところに立って何も言わずに二人を見守っていた。僕が廊下にすわって待っていると、そのうち父が僕のほうを向いて、もう寝る時間だと言った。

　僕は暗いなかで横になってラルフのベッドのほうを見ながら、イタンのベッドのことを考えた、毎晩毎晩あんなふうに空っぽなのだなあ、と。何時間も経ったように思えるほど待ってから、ベッドをそっと抜け出して廊下を歩いていった。両親の寝室のドアは開いていて、父が仕事着のまま寝ているのが見えた。キッチンには、スパゲティが手をつけられないままテーブルに置かれていた。母は居間にいて、タオルで包まれたラルフが母の膝で寝ていた。僕は母の隣にすわり、ずいぶん長いあいだ母が起きているのか寝ているのかわからなかった。母の呼吸は静かで間隔があいていて、闇のなかで母の目を確かめるのは難しかった。すると、夜が明けるころ、部屋のなかに影が動きはじめ、母の顔が見えるようになって、母には僕の顔が見えるようになったころ、僕は母に引き寄せられたのだった。

懸命に努力するものだけが成功する

Only Those Who Struggle Succeed

会社のクリスマスパーティーの夜、インターンに過ぎないのに仲間に入れてもらえたリナは、ついているのだと思って嬉しかった。もっとも、新しい年には正社員の地位を得られると、約束とまではいかないものの仄めかされてはいたのだが。車で一時間かかるところに住んでいたし、パーティー当日は出勤しなければならなかったので、着替えをどうすればいいかという問題があった。共同で使っているジムの会員権のことをルームメートが思い出させてくれた。娘の体重を心配した両親からルームメートがプレゼントされたもので、おかげで彼女のジレンマは解決された。というわけで、丸一日脚本を読んでその良いところや弱点を簡潔にまとめて書いたり、コーヒーやランチを買いにいったりしたあげく、リナは「またあとで」と職場の皆に言っておいて、会員権で利用できるいちばん近いジムに行ってシャワーと着替え室を使った。髪をブローしてストレートにしたあとヘアアイロンを丁寧に当て、額を囲む細い毛をスプレーで固めた。そうしないと、パーティー会場内の湿気のせいでちりちりに縮れてしまうからだった。メイクしていると、神経の高ぶったエネルギーが満ち溢れてきて、これは期待だとリナは気づいた。まえにも何度か感じたのと同じものだ。会社での役割を確保することで、世間では批判され、内部では選別的で要求が厳しいと称賛される業界に受け入れてもらうという自分の野心や願望は、近づくことができるしそのうちには手に入ると、その期待感はリナに告げていた。その瞬間、まさに自分の人生の可能性が見えたように彼女には思えた。ロッカールームを出るまえ、彼女は最後にもう一度鏡のなかの自分を見て、薄い金色のアイシャドーが目に輝きを与えているのに満足し、さっきは華やかに思えたのに今見ると唇があまりにくっきり目立ちすぎるような気がして、赤い口紅を拭きとった。

　パーティーはこの催しのために貸し切りとなっているバーで開かれていて、リナが入っていくと職場の皆が喜んで迎えてくれ、職場ではお互い同士か自分のアシスタントとしかしゃべらない人たちと話をした。会場をうろうろしていると、あちこちで親しい仲間同士のグループに招き入れられた。そういうグループは集まったかと思うとまたメンバーを替えて集まり直し、噂話が飛び交うなかに混ぜられるのだが、対象となっている人たちとは面識はないものの、彼らをネタにした笑いに加わることができるほどには名前を知っていた。こうした交流は、関係を築くために必要なブロックなのだ――気を付けて維持しておけば、あとになって誰もが望む地位に自分を導いてくれる橋となり得る関係を。談笑しながら、力づけられる気がしはじめた。せっせと無報酬の仕事に励み、ときにはこちらに恥をかかせよう、貶めようとするような要求や命令に従ってきたこの数か月は、じつは価値があったのだ。そしてついに、あまりに並外れていて、自分のような人間にはとても手が届かないと当初は思っていた生活に迎え入れられたのだ。

　リナはカウンターの近くに立って飲み物を受け取り、そのあと、彼女がその下でインターンを務める社長と、このパーティーのためにニューヨークから泊りがけで飛んできた副社長が、選ばれた数人を集めてテキーラのショットグラスを配ったときには、自分が浮き浮きしていることに気がついた。彼女の加わっているこの小さな集まりのなかに、はっきり醸し出されている感情だ。かくして彼女は、テキーラよりウォッカが好きだし、やっぱりテキーラは吐き気がすると思いながらもそれを飲み、さらにもう一杯飲んだ。

自分よりずっとあとから会社に入ったのに、このカウンターの近くでショットグラスをあけている小グループに加えられたべつのインターンとしゃべりながら、リナはその娘が東海岸の有名私立女子大の最終学年を終えようとしていることを知った。このインターンは、礼儀正しくはあったがあまり笑顔を見せず、それでリナはその夜ずっと大きな笑顔を作ったり笑ったりで自分の頰が痛いことに気づかされ、顔を休めることにした。リナとそのべつのインターンの隣にすわった社長が、そのインターンがどこの大学か、そしてどこで育ったのか聞いている横で、なんとか会話に興味を示してついていこうとした。彼らの話は彼女の暮らしとは別世界で当惑するばかりなので、非現実的に思えることさえあったのだが。二人の話を聞きながら、もしかしたらこの社長ともう一人のインターンとの繋がりは、リナ自身が正規雇用してもらえるチャンスを脅(おびや)かすものではないか、これまでつぎ込んできた時間を取るに足らないものとしてしまうのではないかと心配になった。ランキングは良いものの公立であることに変わりはない、規模の大きな大学における学歴、それまで彼女にとって自分の人生における最大の成果だったものは、今や隣にすわっている娘の高級仕立ての学歴と比べるとお粗末に思えた。

　酔っぱらってきたのを感じても、リナは心配にはならなかった。その週の早いうちに、社長アシスタントとその同棲相手のアパートに、パーティーのあと泊めてもらう約束を取りつけていたのだ。自分勝手でがさつな男であるその社長アシスタントに、特に好感を持っていたわけではなかった。だが、時間が経つうちに彼のがむしゃらながらも献身的な勤労意欲に、彼を機略に富んだ精力的な、ユーモアのセンスを持ち合わせた人間にしているその意欲に、渋々ながら感心するようになっていた。それに彼がリナのことを頭がいいと、ほかのインターンたちより頭がいいと思ってくれていて、彼らには見せない脚本を読ませてくれるのも嬉しかった。社長アシスタントはしだいに彼女を信頼して、もっぱら自分の仕事を手伝わせてくれるようになっており、彼が休みの日にはしばしば仕事を代行するよう言いつかり、読んで意見を送るようにと真夜中に脚本が送られてくることもあった。もちろん彼女がやった仕事の一部は彼自身の名前で出す、でも折に触れて、大事なものの場合は、そして社長に直接提出するときには、彼女のやった仕事の一部は彼女の名前にする、と彼は言ってくれた。その社長アシスタントはまた、お返しとして、彼女が卒業したらこの会社にしてもほかのところにしても、就職の手助けをするとも約束してくれた。大学でもこれまでの幾つかのインターン経験でも、この業界ではそんなふうに物事が運ぶとわかっていたし、そうとわかって嫌気がさしたりはせず、要求の高さや難しさも相俟って、かえってこの業界で仕事をしたいという思いが高まっていた。金のない暮らしのなかで育ったリナは、長時間働いて倹しい生活を送るつもりで、その覚悟はできており、大学時代のさまざまな仕事で出会った人たちに一度ならず苛立ちを感じたことがあった。衣料品店やコールセンターやデリの店のそういう人たちは、彼女の行く手には何か大きな未知のものが控えている、待ち構えているに違いないと思っているように見えた。自分たちの行く手にそういうものがあったのと同じように。そしてそのために彼女は自分の目的を達成できないだろう、と。彼らの心配や不満は、想像であり思い込みであり彼らだけのものなのだと、彼女は自分に何度も言い聞かせた。そしてそうやって、揺るぎなく成功へと邁進し続けてきた。

　もう一人のインターンが席を外して社長と二人きりになると、リナは肩の力が抜けて冗談を言ってしまい、社長が笑ったのでほっとした。これまで五か月彼のもとで働いてきて、威圧されるものを感じはしたが、それは彼の振舞いがめったにない顕著な冷静さを見せているからだった。ほんのときおり、誰かの、たいていは社長アシスタントの失敗で、社長が情報に通じていないように見えてしまったりすると、声を荒らげることがあった。これは他の会社経営者たちやほかの大勢の似たような立場の人たちとは違うと彼女は知っていた。そういう人たちはしょっちゅう怒鳴り、自分の下で働く人たちを侮辱し、ときには肉体的暴力に訴えることが知られていた。それにひきかえこの社長は、粗暴なところはなく、穏やかで堂々とした雰囲気を漂わせていた。彼女は社長と話ができて嬉しく思い、働きぶりを感謝され、映画に対して良いセンスを持っていると褒められ、目標や将来どんな仕事に就きたいと思っているのか訊ねられると、さらに嬉しくなった。二人は家族のことも話した。うちの家族がいちばん心配するのは金のことだなどという話を彼女は口にせず、社長は、十代の子供たちと心を通わせようといかに苦労しているか打ち明けた。社長は、一夜にして子供時代の彼らとは別人になってしまったように思えるのだと語った。しばらくすると、ゆっくり話し相手になってくれてありがとうと社長は礼を言い、ふだんはこういうことをこんなに深いところまで話すことはないのだと明かした。リナはお返しに、社長は下で働く皆の良いお手本になっているし、それに特にインターンに対して穏やかで親切だと称賛した。社長は彼女の言葉に驚いた顔をしたが、喜んでいるのがわかり、仕事一途でやってきた年月のおかげで、うん、大きな成功を遂げられたんだよ、と語り、だけど大きな代償も払った、結婚が二度だめになり、言いようのない孤独感がある、と話した。

こういったことをリナは翌日思い出すのだが、そのあと起こったことは、ばらばらに認識している事の次第を頭のなかで順に並べていこうとするにつれて、何度も繰り返し前後関係を捉え直されることとなる。そこには、空いている子供たちのベッドのどれかを一晩使ったらどうかという、社長からの申し出が含まれている。副社長から、例の社長アシスタントは恋人と喧嘩したあとどこかへ行ってしまったと聞かされた。照明が暗くなる。ホテルに部屋があるから、と副社長から言われる。バーが閉まり、彼女は自分の持ち物をかき集める。副社長に運転手付きのセダンの後部座席へ乗せられる。部屋がまわる。社長アシスタントから約束は変更になったと告げられる。彼とその恋人は予定していたとおりに彼女を泊めることができなくなった、と。ろれつのまわらない幾つもの声。副社長が社長に、会社は社員が利用するための部屋を近くのホテルに押さえてあると告げている。名前を聞いて彼女は、有名な大通りに面したホテルだと思う。たくさんの顔がぼやける。社長アシスタントから車に乗るよう言われる。

目を覚まして自分の上に副社長がのっかっているのに気付いたリナは、ここに彼がいるのは自分の想像かもしれないと思った。この、自分の顔や首や腰や腿の上に。そして「いや」と彼女は言い、彼は動きを止めた。それから彼はまた彼女にのっかっていて、部屋はぐるぐるまわり、彼女もいっしょにまわった。彼の舌はほかのいろいろな舌のように感じられ、そうなのかもしれない、と彼女は思い、それから過去に自分が知っていて求めていたさまざまな舌を思い出し、ああいう舌とこの舌との距離はあまりに大きいと考え、それを判定できないことに打ちのめされた。どうも目が覚めかけているらしい、と彼女は思い、そしてまず、部屋がぐるぐるまわっていて、自分もいっしょにまわっていることに気づいた。彼もついてくる、そこでも、そしてそこでも。それから、この一連の気づきはほかにもたくさんあって、部屋のどこかで積み重なって溜まっていき、たちまちまとまって一体化しそうなものになりかけていると、不安な気持ちになる。それを止めたい、彼の動きも一緒に止めたいという思いが、目覚めかけてはまたうとうとするにつれて、こみあげては退いていき、こみあげては退いていき、そして部屋はぐるぐるまわる。なんとか目覚めた状態が続いて頭がはっきりし、自分に何も言えなくさせている動揺や不安が心のうちから追い払われればいいのに、と願っていたのに、いざそうなると、覚醒と、それとともに訪れた気づきが、すぐさま自分をすっかり満たすのがわかり、彼女は声をあげてさめざめと泣いた。すると彼女の体の上の動きは止まり、ようやく彼がもう自分の上にのっかってはいないのを感じ、歩み去るのが聞こえた。

　朝になると、頭がくらくらするものの彼女は落ち着いていて、たぶん副社長は立ち去っているだろうから、起きて自分の持ち物を集めたら気づかれないうちに出ていけるだろうと考えた。ところが、彼は部屋に入ってきて上掛けの下に伸びている彼女の脚の横にすわり、自分はすっかり酔っぱらっていて彼女もそうだった、自分は向こうの部屋のソファで寝た、完全な行為がなされなかったのは確かだ、と告げ、そして「悪かった」と言った。彼はさらに、リナの車は昨夜、彼女の依頼によってパーティー会場からホテルへ移動されていて、ベッド脇のテーブルにチケットがあるからそれで受け取ればいい、と言った。彼女は自分にはそんな覚えがないとは言わず、黙ったままでいると、彼はさらに何かほかのことを、何か彼女の力になれるようなことがあったら遠慮せず話してくれ、みたいなことをしゃべった。そのとき彼女は、彼が手に名刺を持っているのに気付き、ベッド脇のテーブルにかがみこんでペンを手に取り、自分の携帯番号だと説明しながら数字を書き記すのを見つめた。「念のためにね」と彼は言って体を起こした。それから彼女の頰にキスすると出ていった。すぐさまほっとした彼女は持ち物を自分のショルダーバッグにしまうことへ注意を向け、そして反射的に、スイートの部屋べやを歩きまわって自分がここにいたという証拠となるものが何か残っていないか確かめた。このスイートにいたという事実によって、自分の評判や経歴が厄介なことになる恐れに気づきはじめた彼女は、綿密に調べた。何も見つからなかったので、立ち去ってもいいだろうと決めた。出ていくまえに窓の外を見て、自分のような女、というか、じつのところ前日の彼女自身が、有名な大通りに面したこの高級ホテルの窓を見上げて、こんなところに泊っている人たちはきっと自由と安楽に満ちた人生を送っているんだろうなと想像している様(さま)を思い浮かべた。

駐車係はチケットを笑顔で受け取った。彼の名前を告げて部屋につけておいてくれと言うのをためらったものの、こんなところの駐車料金が幾らかかるか想像がついた彼女は、結局そう言った。自分の車がすぐそばの歩道の縁石に寄せて停められると、側面や後ろのバンパーのへこみに当然のことながらきまり悪さがこみあげた。だが、その瞬間、恥の感覚は見慣れた車にいささかほっとする気持ちに包まれ、この気持ちの変化のおかげで駐車係と穏やかに接することができた。彼女にとっては気軽に出せる金ではないと悟られたかもしれない五ドルという金額をチップとして渡し、運転席に乗り込めるよう駐車係が脇へ寄ってくれたので、有難うと微笑みかけた。ドアを閉じると通りの騒音が聞こえなくなり、彼女は車内の湿気と埃を吸いこんで、長年乗っていて自分の背中の形にくぼんでいるシートの感触を味わった。高速道路に出ると、今日が土曜日であることに感謝した。授業もなければ副社長のいるときにオフィスへ出る必要もないことに、彼がロサンゼルスを去って通常勤務しているニューヨークのオフィスへ戻ることに、起こったこと、というか起こりそうになったこと、というかその瞬間にも彼女の心のなかで起こり続け現れ続けていることを誰にも言わないでいられることに。運転しながら、彼女は前夜の出来事をきちんと並べてみようと努めた。自分が思い出せることを耐えられる形に。だが、自分にわかっていることをこっちからあっちへと入れ替えていると、自分がやろうとしている並び替えは時系列に沿ったものではなく、何かほかのもの、原因と動機、過ちと責任に沿ったものだということに次第に気づきはじめ、このことを考えるのは運転しているあいだだけにしようと誓い、家に着いたら心から消し去ってしまおうと決めた。

クリスマスパーティーのすぐあとに、リナは卒業してあの街に引っ越し、彼女を雇おうかどうしようか会社が決めるあいだ、エイジェンシーがまわしてくれる一時的な半端仕事で、ある程度の収入を維持して乗り切った。この時期、彼女は自分が進んでいる道に疑問を持ち、この道を進んだらずっとこういう覚束(おぼつか)ない不安定な気分でいることになるのだろうかと考えた。このまま続けるためには、そんな考えは心から拭(ぬぐ)い去って、代わりに自分にこう繰り返さなくてはならないのはわかっていた。勝者はけっして諦めない、死にそうなほどの苦労は人を強くしてくれる、とかいった、彼女が教え込まれ、信じてきた言葉を。数か月後、会社がやっと正社員として雇ってくれることになると、彼女はほっとして有難く思った。これが自分の道だという確信は——就職を待っているあいだ——一瞬揺らいだことはあった、うん、でも待ったことで自分の決意と覚悟がちゃんと試されたのだと彼女は思った。「やり抜く者が成功する」という事実がまた繰り返されたのだ。

もちろん、クリスマスパーティーの夜に起こったこと、というか起こらなかったことについては不安で、彼女がまず念頭においたのは、起こったこと、あるいは起こりかけたことを内密にしておくということだった。もし知られたら、この会社で、たぶんこの業界においても、自分が成功する機会はなくなるだろうとわかっていたからだ。彼女はあのあとすぐに社長アシスタントに打ち明けていた。自分の覚えていることを話したのだ。話しながら、これではどうも不十分で、あの場の不穏な雰囲気を、自分がどんどん消えていくような気持ちを、言い表せていないと感じながら。彼女の目の前でアシスタントは、さいしょは後悔するような顔になり、ついで、ひ弱なおべっか使いだとどこでも思われている副社長にそんなことができたのだと知って、感心する表情になった。さいごにアシスタントは、彼女がもう承知していることを忠告した。可能な限り副社長には近づかない、そして起こったことは忘れるようにすること、と。

仕事初日、社長が個人的におめでとうと言ってくれ、副社長はニューヨークから、幸運を祈るよ、と電話を寄越した。そしてまた、じつは彼女の採用については自分も意見を求められ、そうしようと思ったら反対することもできたのだ、とも告げた。ここで彼は、自分の言ったことの重大さを彼女にのみこませるべく言葉を切った。その数秒のあいだに、彼がかくも度量が広くなかったならば、自分は今どんな状況にあったか彼女に思い描かせるべく。クリスマスパーティーまでは、社長アシスタントのように、彼女も副社長のことをつまらない人間だと考えていた。長年会社のオーナーたちによって虐(いじ)められたり辱(はずかし)められたりしてきた結果、しょっちゅうびくびく不安そうに見える人だと。この不安は電話越しでも彼の声のなかにはっきり表れていたが、今やリナにはそこに組み込まれた悪意とうぬぼれも聞き取れた。彼はリナが礼を言うのを待ち、彼女は感謝の言葉を述べてから電話を切って、なんとかあの男を心から拭い去ろうとした。あの男と顔をあわせて我慢しなければならないこともときにはあるだろうと思った。だが彼が勤務する職場とこちらの職場との距離を考えて自分を慰(なぐさ)めると、あの男が彼女の人生を変える力を持っていることを否定したいという思いがこみあげた。あの男は彼女が乗り越えることのできる、乗り越えるつもりでいる、幾多(いくた)の障害のひとつにすぎないことにしておきたいという思いが。

リナの新しい上司は女性で、この上司から自分は信頼されておらず、たぶん好かれてもいないが、おそらくは社長が好意を示してくれるおかげでリナを雇わなくてはというプレッシャーを感じたのだ、ということがすぐにわかった。その手の力関係はよくあることだとリナは思い、上司に気に入られようと努めはじめた。この女性が機嫌のいいときにはじゅうぶん好きになれたのだ。自分の上司が、あの社長アシスタントのようにユーモアがあり、大きな声で直截(ちょくせつ)な物言いをするのが、よく笑うのが、リナは気に入った。上司は敵意を見せてかっかすることもあったが、そういうときにはリナは嘲笑（ちょうしょう）されたり叱りつけられたりする心の準備をした。そういうことは不愉快ではあったが、彼女には覚悟はできていた。それよりも気になったのは、上司がぜんぜん仕事をせず、仕事をしているふりをして、というか、これまた上司が信頼もせず好感も持っていない社長を避けて時を過ごしているように思えることだった。

数か月が過ぎていくにつれ、仕事などしていないと今やリナが確信をもっているこの上司では、仕事を学び昇進するための導き手とはならないのではないかと不安になった。彼女が働いている会社やほかの会社で、この上司のような重役のうちの何人が実際に、そしてどのくらいの頻度で仕事をしているのだろうと疑問を持ちはじめた。だが彼女の目標は出世することであり、いつの日か重役になることなので、あのような役職に就きながらほとんど何もしていないのは自分の上司だけだと思うことに決めた。社長は、このころには新しいインターンを何人か入れていて、なかには評判の高い著名な業界人の子供たちもいて、昇進の時期がきたら、そういった人たちは自分よりも優先されるだろうとリナは承知していた。だから、仕事を与えられると全力を尽くして勤勉にこなした、とはいえそれは個人的な性質のものが多く、たいていは上司の私的な仕事や用事だった。それでもなお、リナにとっては、上司を満足させ意欲を持たせておくのは大事なことだった。そうすればときには仕事をする気になってくれるかもしれない。それがうまくいかない場合は、上司が仕事をしているように見せ掛ける手助けをすることにした。彼女自身の仕事の価値はそうした見せ掛けに依存しており、自分の運命は上司の運命と撚（よ）り合わされているとわかっていたのだ。

その夏、イスラエル－ヒズボラ戦争（二〇〇六年にレバノンの武装組織ヒズボラとイスラエル間で起きた戦争）、別名ヒズボラ戦争、別名第二次レバノン戦争がはじまると、リナは傷ついたり殺されたりするかもしれない人々を心配し、大学院課程の学生に対する就職斡旋の一環として、流暢なアラビア語を生かしてベイルートへ働きに行っている弟のことを案じた。大学時代に抱いていたリナの政治意識は沈黙し、というかむしろ、抽象的で現実離れしていて自分の実生活とは繋がりがないのはわかっている不平不満へ向け直されていた。もちろん彼女は自分がアラブ系であることが問題となる場面もあることに気づいており、そういう場合にはそれを率直に公表したり宣言したりしなければじゅうぶんだとわかっていた。彼女はこのことを友人たちの家の居間や、働いてきた店や会社や、幼稚園から大学に至る教室で学んでいた。

現在の職場で自分のバックグラウンドを明かしていないことを、リナは不正直だとは思っていなかった。彼女は通例自分のことはあまり話さず、その結果、金のことや金がないということ、自分の政治信条、その他数えきれないような、人が必要に応じてごまかしたり隠したり見せつけたりする自分に関する事実を口にしないタイプの人間としてじゅうぶん通るようになっていた。彼女は自分の両親を見てきた、一部の機会や公共の場において、当惑や疑念の表情が見られるところではアラビア語を口にしないのを。そしてそういう行動の必要性をわきまえていた。さらに、さいしょのころのインターン経験で間違えようもなくはっきりと、彼女がアラブ系には見えないことがじつのところ成功には不可欠な要素なのだと思い知らされていた。それがなければ、成功への階段は、不可能とまではいかなくとも急勾配で恐らくは果てしないものとなるだろう、と。たとえば、彼女がインターンを務めたあるフランス人プロデューサーからはこんなふうに言われた。私はレバノン人にある程度敬意を持っている、彼らは――と、そのプロデューサーは忘れず付け加えた――ほかのアラブ人とは違うからね、でもこの先その下で君が働くことになるかもしれないほかの人たちは私ほど世情に詳しくはないかもしれない、私自身は、アラブ人は皆民主主義や自由を嫌悪していて暴力をふるいがちでユダヤ人を憎む傾向がある、なんて思ってはいないがね、と。だから、これで通そうという彼女の決断は、ことさらに意識したものではなく、自然で、彼女の望むキャリアには必要なものだった。長時間働けることや、好色な男を我慢できること、ときおり嘲笑われるのに耐えられることと同じように。

千人のレバノン市民が殺され、百万人が国を追われ、そしてリナの弟が家に帰るためにレバノンからシリアへ、ヨルダンへと移動するなかで、社長アシスタントがアラブ人のことをケダモノだと言うのを耳にし、レバノンの国土が大規模に破壊されアラブ人は打ち負かされたというニュースに同僚の何人かがハイタッチするのを見て、リナは自分がなりすましの詐欺師みたいな気がした。彼女を束ねていたものが緩み、リナもまたあの日彼らがその死をあんなに喜んだ多くのアラブ人のひとりなのだと、もしも同僚たちに知られたなら向けられるであろう眼差しで自分を見た。リナは以前何度か感じたことをまた感じた、可能なことと可能ではないことが自分の前にむきだしで置かれているという感覚だ。だが今回は、可能性の価値とその代償の両方に注意を向けた。つまりは代償をどのくらい払う意思があるのかということなのだとわかっている彼女は、簡単に締め出されかねない世界で出世の階段を上っていくのは、よりいっそう価値があり称賛されるべきことなのだと信じるよう、自分に言い聞かせたのだった。

その夏はまた、社長がリナにいっそう目をかけてくれた。きっかけは郵便仕分け室で出会ったことで、そこで社長はクリスマスパーティーの夜に二人で話したことを持ち出し、めったにない楽しい会話だったと言ったのだ。あの出会いでよかったのは、社長の立場や地位に動じたり警戒感を抱いたりしなそうな相手と開けっぴろげに本音で話ができたということなのだ、と仄めかした。リナの社長に対する敬意はクリスマスパーティーから数か月過ぎても変わっていなかった。彼女の上司は社長を嫌っていたし、社長からはときおり、君は社長と会社に忠誠を尽くすべきであって、自分としては雇わざるを得ない事情があったことを皆が知っている君の上司にではない、と念を押されたりしていたのではあるが。というわけで、リナは郵便仕分け室でまたも社長への尊敬の念を繰り返し、社長が聞きたがっているように思えることを請け合った。つまり、彼女の野心はこの会社に留まってここでキャリアを積んでいくことであると。

リナのレベルのアシスタントが下級管理職の地位を得るには、まず社長のアシスタントを務める必要があるというのは共通の認識だった。この認識は現在の社長アシスタントにとっても好都合だった。リナには彼の地位を奪うことなどできないから、二人が同時に昇進する――彼は下級管理職の執務室へ、彼女は社長のデスクへ――という方向を探るだろうとわかっていたからだ。この計画を社長アシスタントがリナに話すと、彼女の心のなかに不安と喜びが生じた。それからしだいに、彼女は社長アシスタントから彼が休みの日と休業日に仕事を肩代わりしてほしいと頼まれるようになった。この任務のおかげで彼女と社長との触れ合いは促進され、心のなかに彼女に対する親近感が育まれる、と社長アシスタントは期待していた。自分が昇進して彼の代わりが求められるようになったら、リナに匹敵する者はなかなかいないほどの親近感が。

かくして、夏が秋へと変わっていくにつれ、リナは直接社長のもとで働くことが増えはじめ、社長アシスタントがついにもうすぐ昇進することになったという噂を耳にした彼女は、彼とともに自分も昇進するだろうと確信した。すると、そんな噂が囁かれはじめたすぐあとのこと、リナは社長から褒められた。仕事の質や意欲についてではなく、陽気で感じがいいということですらなく、身体的な魅力について。その日はいつもと変わらない日だったが、彼女は具合が悪く、ほとんど声が出せなかった。社長は彼女のしゃがれた低い声に魅力を、性的魅力を感じると恥ずかしげもなく口にし、それから自分に連絡が来ていないか訊ねたのだ。まるでそんなことは言わなかったかのように、あるいは言って、受け入れられたかのように。この、ひとつのコメントからべつのコメントへの動きは、じつに見事でほとんど気づかないほどで、会話が終わってはじめて、リナは何が起こったか思い当たったのだった。だが彼女は、それを探求するのは、たとえ自分の胸の内でやるとしても危険な行為だと気づき、差し控えることにした。

そういうことがすぐまた繰り返されたわけではなかったので、時が経つうちに彼女は、あれは異様なことだった、もしかすると自分の想像かもしれないと思うようになった。社長はやはりこの業界のほかの男たちより思いやりのある立派な人だと彼女は相変わらず確信していた。自分の地位を利用して公然と性的見返りを得たり、あの副社長のように無理やり得ようとする男たちよりも。それで、ちょっと経って、社長から脚本が送られてきて、その良い点悪い点を話しあいたいから週末に電話をくれと言われると、彼女は自分の心からあのときの記憶を遠ざけて、一晩がかりで脚本を綿密に読みこみ、メモを取った。そうしながら、社長が彼女の意見を高くかっているからといって個人的に電話で話さなくてもいいのではないかと気が付いた。でも、この仕事は、実際は社長アシスタントが務まるかどうか決めるためのテストなのではないかとも思えた。番号をダイヤルしながら、彼女は自分の不安を意識していた、花火のように無数の方向へ火花を散らしながらも核はひとつ。自分の不安の中心が彼女にはわかっていた、社長が言ったあの一言、彼女が忘れようとしてきたあれだ。

電話に出た社長は、愛想はいいものの馴れ馴れしすぎるということもなく、おかげでリナは気が楽になった。彼女は自分のメモを読み上げはじめ、そこで社長が口を挟み、脚本について通り一遍の質問をし、さらに質問した。彼女はその質問を浅薄だと思ったものの求められた答えを返して待った。その晩に映画を一本観ることになっているのだと社長は話し、彼女はこれを、会話はこれで終わりだという合図ととり、この電話はやはりテストで、自分は失敗したのではないかと心配になった。そして、今や根拠がなかったことが明らかな、自分の抱いていたあの不安がいけなかったのではないか、と。それから、いっしょに映画を観ないかと社長から誘われると、胃が深く沈んでいくのを感じた。そのまま果てしなく沈んでいきそうで、止めるには勇気を失わないうちにすぐさま言うしかないとわかっていた。そういうお出かけはよろしくないと思います、と。つぎに起こったことを、その後の人生で彼女は何度も考えることとなった。なぜならそこには人生を構築するシステムそのものがあったからだ、その構造が可視化され、その背後の意図がはっきり見える形で。彼女の言葉を聞いて社長は笑い、それから重々しく同意した。だが、自分が求めていたのはプラトニックなものだ、と彼はきっぱりと言い、またもクリスマスパーティーのときに感じた二人の絆のことを口にし、そしてまたも自分の立場を彼女に嘆いてみせた。彼の言う象牙の塔のなかに入れられて、彼女のような、誠実で親切な人たちから遠ざけられてしまう、と。彼の話を聞くうちに、リナは自分がとっさに口走ったことが恥ずかしくなり、そう言うと、社長は、あれは当然だし、むしろ感心な態度だったと請け合った。

社長と落ち合うべく車を走らせながら、これから起ころうとしていることにはうんと気をつけて対処しなくてはならないと、リナにはわかっていた。到着して、社長が住んでいる白い高層住宅のところで車を停めると、約束どおりすぐに社長が出てきて自分の車に案内してくれたので、彼女はほっとした。驚くほど気楽に楽しく会話は進み、彼女は胸のうちで、自分は今夜の成り行きの主導権をそこそこ握っているという思いを新たにした。自分の不安そのものではなく、その強さに彼女は疑問を抱きはじめた。こうしてみると社長といっしょに過ごす時間は楽しめそうだし、たぶん好ましいものになりそうなのだから。車がかなりの時間走っていることを彼女が口にすると、当然のことながらいっしょにいるところを見られてはならない、会社における地位の違いがあるから不適切とみなされるだろうからね、と社長は告げた。このため、映画館に入る際に彼は心配そうになり、街の中心部からはうんと離れた地区へ来ていたのに、知った顔はいないか絶えず見まわしていた。席に落ち着いて、照明が薄暗くなってようやく、彼はリラックスして楽しそうな顔になり、リナは映画とその夥しい細部に最大の注意を向けた、このあとの会話でそうした知識が必要となるかもしれないので。映画が終わり、社長からディナーに誘われると、彼女はけっこうですと言い、自宅のある高層住宅まで彼女を連れ帰った社長が上がっていかないかと誘うと、彼女は断って、代わりに自分の車を返してもらった。どちらのときも、たとえがっかりしたのだとしても社長はそんな気持ちを口に出すことはなく、彼女はまたも自分の思い込みと社長の意図を考え直したのだった。

　つぎの日、社長がリナの容姿のことを口にし、彼女が聞こえないふりをしてもやめなかった。そのあと何日も、目立たないよう電話か誰にも聞こえないところで、彼女が気づいて反応しなければ消えてしまうよう、ほかの話のなかにちりばめるようにして、いろんなことを言ってきた。そんなとき、社長アシスタントが、社長はその週新しいアシスタント探しを始めるつもりだと彼女に告げた。今やリナには自分の前に置かれたハードルがはっきりわかった、自分の行く手にでんと居座る巨石が。そして迂回することはできないのだ、立ち向かうか、くるりと向きを変えてしまうかしかないのだということが。

　社長がまたリナに脚本を寄越して、それを読んで、読み終わったら話をしたいと言い、そして社長アシスタントから、これこそまさに彼女が待っていたテストなのだと告げられたとき、彼女は脚本を読むつもりもなければ社長と会うつもりもなかった。代わりに距離を置くよう努め、できるときでも社長アシスタントの仕事を肩代わりするのを拒み、オフィスのあちこちを行き来する際には違うルートを選ぶようにした。候補者たちが社長との面接に行くのを目にし、彼女が積極的に地位を摑(つか)もうとしないことに失望したと社長アシスタントが言うと、リナは彼に理由を説明しないではいられなかった。欠点はあるものの、一度は彼女の雇用を支持してくれた彼なら、自分の置かれた状況が容易ならないものであることをわかってくれるのではないかと思ったのだ。彼女の目の前で、社長アシスタントはさいしょはがっくりした表情を浮かべ、それから、かつては多くの女性から思いを寄せられた男だと彼も知っているあの社長にまだそんなことができたのか、と感心する顔になった。最後に社長アシスタントは、彼女がすでに承知していたことを忠告した。働けそうなところでほかの仕事を探したほうがいい、そしてあの件は忘れることだ、と。社長アシスタントの顔を見ながらリナの苛立ちは消え、自分はただただ今目の前に広がっている条件で成功することしか頭になかったのだと気がつきはじめた。もしかしたらこの道には、これまで気がつかなかっただけではっきりした標識があり、まっすぐ前を見る代わりに下を向いたり見まわしたりさえしていたなら、その標識が見えていたのかもしれないと思った。もっともこれについては確信はないままで、標識は存在していてもけっして見えないようになっているのではないか、という気持ちが強くなったのだった。

　社長が新しいアシスタントを雇ってまえのアシスタントを昇進させたあと、社長の欲望が最近部署内で雇われた若い女性に新たに向けられたことが、そしてこの女性が社長の好意に報(むく)いていることがオフィスじゅうに広く知れ渡ったあとで、リナの机の横で足を止めた社長が、彼女の努力不足に対する不満を述べた。彼女は送った脚本を読まなかったし、自分のところへ来てそれについての意見も述べなかった。今になってわかるが、と社長は言った。彼女にああいう役割が務まると考えたのは間違いだった、と。数週間後、リナが社長のオフィスに入っていって腰を下ろし、率直かつ冷静に会社を辞めるつもりだと話すと、社長は眉(まゆ)をひそめ、ついでデスクの向こうから睨(にら)みつけ、いかにも毛並みの良さそうなその物腰が純然たる敵意だとわかるものに変わるのを彼女は目にした。それからの人生で、彼女がまた何度も目にすることになる敵意に。彼女はひどい過ちを犯そうとしていると社長は言った。この業界に戻れないよう橋を燃やすようなものだ、ここでは彼女のような行為は許されないし取り返しがつかないのだ、と。長い非難を聞かされながら、リナは心もとなく不安になり、懸命に落ち着きを保とうとし、自分のとった行動の結果に耐える覚悟はできていますとしか言わなかった。これは社長を黙らせた。立ち上がって出ていこうとした彼女に、社長は最後にもう一度、私のせいではないぞ、私は何も間違ったことはしていないからな、と念を押した。彼女がそれを復唱するのを社長が待っていたので、彼女はそうした。

何年も経ってから、テレビで、あの会社のオーナーが、八十人の女性によってレイプや虐待やハラスメントや不正行為の罪で告訴され、二つだけに関して罪を認めたのを知ったときだった、リナが若かったころに経験し、感じたことを思い出したのは。彼女はそのニュースに興味も持たなかったし意義深いとも思わず、司法制度とオーナーとのあいだに起こったかもしれないことに好奇心をそそられもしなかった。あれだけの財力があれば、逮捕と保釈の詳細な条件について交渉できるのだ。気乗りしなそうな、あるいは熱のこもった従業員や元従業員たちの、何も知らなかった、わかっていなかったと主張する訴えさえ、彼女にはうんざりだった。被害を受けた女性たちにとってはさして重要ではないさまざまな発言も。彼女たちが送った人生や、彼女らから奪い、彼女ら自身を奪ったあのオーナーと出会うまえに送りたいと願っていた人生の話も。リナにはわかっていた、あの女たちは、いったん興奮が静まったら代償を払わされる側になるのだと。

リナはあの有名な大通りに面した、あの高級ホテルの部屋での夜のことを思いだした。部屋がぐるぐるまわったこと、それといっしょにまわった若い女と、彼女のさまざまな野心や願望のことを。彼女はあの若い女の警戒心に気がついた、それゆえに彼女はあの夜のことを忘れようとしてしまいこみ、抑えつけてきたのだ。だからリナは嘆くことを自分に許した。あの部屋の記憶に手を伸ばしてそこからあの若い女を引っ張り出したくてたまらなかった。生きていくにはいろんな道があるのだと見せてやりたくてたまらなかった。彼女が教えられてこなかったことがたくさんあるのだと。罠にかかるよう仕組まれた道に据えられながら、頂点へ、何らかの勝利へと手を伸ばさせられていたのだと。そんなものに手が届くはずがなかったのに。そして、これすべて計画されたものであって偶然ではないのだ、と。だがそれよりも、あの若い女に火を持てと言ってやりたかった。すぐさま、そして何度も、ほかの女たちにもそう告げろ、目に入るすべてのものに火をつけろ、ぐずぐずせずに橋をすべて焼き払ってしまえ、と。

# カナンの地で

In the Land of Kan'an

ハイヤー・アラッサラー（いざやサラート〔礼拝〕へ来たれ）、ハイヤー・アラルファラー（いざや成功のために来たれ）（礼拝への呼びかけアザーンの唱句の一部）。ファリドは呼びかけに答える。二人の男のあいだに立っていて、両側には二十数名の男たちが連なっており、十四世紀にわたるさらに何百万もの男たちと連なっている。全員がアルバイトゥラティーク（メッカのカーバ神殿）、原初の家、黒い石の家のほうを向いている。石は楽園から落ちてきたときにはミルクよりも白かったのに、アダムの息子たちと彼らの罪によってはじめて夜のように黒くなったのだ。

ファリドは、自分の丸い腹の上で重ねて組まれている両手よりも下を見つめる。自分の裸足（はだし）が踏みしめている鮮紅色の毛織物に折りこまれた、より合わさって八角形や六角形やそのほかのなんとか角形を形作っている青い線に目を走らせる。

アッラーフ・アクバル（アッラーはもっとも偉大なり）。ファリドは前かがみになる。掌（てのひら）を膝（ひざ）に当て、背中を九十度に折って脚を曲げて、関節を強張（こわば）らせながら。詠唱は古馴染みたちのように彼の心のなかでくるくる動きまわる。我が主に栄光あれ、もっとも偉大なる御方に。繰り返して、繰り返して。

アッラーフ・アクバル。一瞬体を起こして、また下げる。今回はずっと下まで。額（ひたい）に当たる絨毯（じゅうたん）はざらざらした感触で、むっと強烈なにおいがする。彼は息を吸いこむ。我が主に栄光あれ、至高の、もっとも賞賛すべき御方に。また息を吸い、乳児が母の乳を飲むように甘いむっとする空気を飲みこむ、すべてが満たされ、すべてがまっとうされる。息を吐くと、吐息が肺（はい）を去り、口から出ていくのが感じられるが、周囲の空気に混じりはしない。そのまま上昇して頭上に漂（ただよ）い、また吸い込まれるのを待っている。

アッラーフ・アクバル。そしてまた体を起こして曲げて、さらに二回繰り返してからすわり、前の男の足を見つめる。男の足の裏は黄ばんでいる。肌が乾燥してひび割れている。

その夜、お前はベッドに身を横たえて天井を見つめている。アミーナの大きな息遣いを聞きながら。お前は上掛けを蹴とばしてシーツだけにする。両方を引っ張り上げる。両方を蹴とばす。アミーナがぶつぶつ何か言ってお前のほうを向くが、瞼（まぶた）は閉じている。顔に貼りつけられた透明のジェルマスクが冷たく乾いている。お前は手を伸ばしてその固く滑（なめ）らかな表面を指先でさする。

彼女は目を開ける。「何してるの？」

「眠れないんだ」

「ビスミッラー（アッラーの名において）って言ってごらん。ビスミッラー」彼女は寝返りをうつと上掛けを顎（あご）まで引き上げる。さいしょの静かないびきが聞こえてくるまで待ってから、カーキパンツと紺のセーターを肘掛（ひじかけ）椅子から掴（つか）むと、下へ降りる。居間には月の光が筋状に差し込み、お前は陰になっているところで服を着る。

もう真夜中に近く、通りは静まり返っている。住宅と芝生が連なっている。ポーチや玄関から輝くジャック・オー・ランタンが睨（にら）んでいる。魔女が笑いゴブリンがねめつけるなか、お前は自分の車に乗り込む。

お前の両手はハンドルを操ってサンビセンテ通りを北に進み、右に曲がってサンタモニカへ行く。ネオンが紫や赤や緑に輝いている。フィエスタ・カンティーナ、レイジ、ジ・アビーといった店々。街角を囲むように行列ができている。少人数のグループがバーからクラブへと歩く。鮮やかな色のタイトなTシャツにストーンウォッシュのジーンズをレザーのハイトップスニーカーにたくしこんだ細身の少年たち。削げた胸が見える切れ込みの深い白のVネックの上にブレザーを羽織った白髪の男たち。スパンコールのドレスに包まれた広い肩に輝く金髪の鬘、ストラップ付きのサンダルが塑像のようなプロポーションの体の丈を高くしている。

車は低音で響く強いビートにあわせて揺れる。お前が車の窓を下げるとビートが車内に轟き、お前の内側で鼓動する。ドキン、ドキン、ドキン。赤信号で停止する。人々が渡っていき、彼らの会話がお前の耳にあふれる。彼らがお前に話しかけていると想像してみる。フーバーへ行こう。いや、長い列ができてる。アクバルへ行こう。だめだ、遠すぎる。それに、あそこじゃみんなひげを生やしてる。俺のちんちんをどっかの木こりにゴシゴシやられるのはまっぴらだ。笑い。

あり得ないほど高いヒールを履いた若い女が歩いている。背の高い二人の男に挟まれていて、それぞれ女と腕を絡め、レザーとプラスチックのスパイクヒールの足でバランスをとるのを助けている。一方の男は三十か三十五。くちひげをきちんと整え、肩幅が広くてウエストは細い。タイトなブルージーンズに包まれた腿の筋肉がぴんと張っている。お前はその両腿の内側の縫い目を、合わさる部分まで上へと目で辿る、横柄で挑戦的な部分まで。視線をまた上へ戻すとあの若い女と目が合う。女はお前をまっすぐに見つめて薄ら笑いを浮かべる。お前は目を信号へとそらせ、赤い円形を見つめる。

窓を閉め、フェアファクス通りを南へ向かい、それからオリンピック通りを西へ行く。ある通りへと曲がり、そして次へと曲がる。私道に入り、車のエンジンを切ってエンジンが冷えるあいだ頭を後ろにもたせかける。ビスミッラー（アッラーの名において）、ラー・イラーハ・イッラッラー（アッラーのほかに神なし）。車から降りるお前の脚は痛み、瞼は重い。

玄関のドアを開けると、ソファの上のアミーナの黒い輪郭がお前をはっと目覚めさせる。お前は言う、「眠れなくてね。散歩に行ってた」。彼女はお前の手のキーを見つめる。「つまり、ドライブに行ってたんだ」アスタッグフィルラー（神のお許しを）。

初めて彼を口に含んだときお前は、きっと打たれて死んでしまうだろうと思った。あの粘土板が空から降り注ぎ、お前の頭骨を粉々に打ち砕くだろうと。物事の意味を深く捉えようと心掛けている人々にとっては、これはたしかに有難い神兆であろう（コーラン：アル・ヒジュール——メッカ啓示七五、岩波文庫、井筒俊彦訳より）。だが彼が入れたり出したりするうちに、静脈が猛々しく脈打ち、しまいに塩と金属の味のする液体がお前の歯に生温かくまとわりついた。どろっとしているので、舌を袖で拭わなければならなかった。

彼は年上。お前は十七だった。彼はムカナス（女々しいやつ）とかマニャク（性倒錯者）とかロト（同性愛者）とかシャズ（ホモ）と呼ばれていた。彼の顔には眉から耳にかけて傷があった。ぶかぶかの白いジーンズをシルバーのスタッズ付きベルトで留めていた。擦り切れた黒のローファー。洗っていない肩まである髪。カイロの街中ではよく見かけるタイプだ。なんでも売る。夜は体を売る。その日彼は海賊版ビデオを荷下ろししていた。『サタデーナイト・フィーバー』『ロッキー』『ジョーズ』『スター・ウォーズ』。お前が『タクシー・ドライバー』を買おうと金を差し出すと、彼はお前を威圧的に見つめた。

「そいつはすげえクソだ」お前は彼の口が動くのを見つめ、あの顎の無精ひげはどんな感触だろうと思った。自分の肺で眠っていた種に気づいた、双子の都市（ソドムとゴモラのこと。淫行にふけり不自然な肉欲に走ったので、神に滅ぼされた）を破壊すべく硫黄（いおう）の嵐を送ったのと同じ手で置かれたものだ。アスタッグフィルラー（神のお許しを）。

「え？」

「その映画だよ。それはすげえクソについての映画だ」お前は手に持ったビデオをじっくり眺めるふりをした、ジャケットは白紙でラベルもなかったのだが。「もっとあるぞ」と彼は言った。「来いよ」お前はためらい、喉に息を詰まらせるのを彼は聞き取った。「もう時間も遅い。いいさ。来いよ」

　お前は彼について、丸石を敷いた路地から路地へ進んでいった。道はどんどん狭くなっていった。黒いレースをまとった夜の女たちや、ミルクのように白くて発酵（はっこう）したアニスのにおいがする、水で薄めたジビブ酒の瓶をまわし飲みしている老人たちの横を通った。ときおり針が手から手へと渡される、そして腕へ。アーラン（こんにちは）、ヤー、マニヨォーク（男娼）、と彼らは彼に声をかけた。お前のことは無視だ。彼はポケットから一ディナール取り出すと、黙ってゴミ容器にもたれかかっている男に渡した。足を止めてウンム・クルスーム（アラブ世界の有名歌手）の歌を、胸郭はきゃしゃなのに驚くほど声の大きい女の子といっしょに歌った。

　ようやく二人きりになった。お前がいつも母親にレバーを買いに行かされていた肉屋の、シャッターの閉まった店の陰で。お前は冷たい金属にもたれて、両肺の隙間にあるあの種を感じた、丸くふくらんで球根となり養分を待っているのを。彼はお前のほうへかがみこみ、温かくてピリッとしたその吐息によって、今や球根はお前の拳（こぶし）くらいの大きさになり、お前の喉の空洞へ向けて芽を出そうとしていた。茎を生やし、お前の口へ向かってどんどん伸びて、空気を求めながらお前を窒息（ちっそく）

させようと。

彼は後ろに下がって煙草（たばこ）に火を点けた。それをお前に差し出した。「ここには誰も来ない、安心しろ」お前が吸いこんだ煙は茎を縮ませ後退させた。つづいて起こった咳に、彼はにやっとした。
「さいしょがいちばんきついんだ。そのあとは、欲しくなってくる」

お前は路地の入口のほうを向いた。ビデオのために来ただけじゃないかと自分に言い聞かせようとしながら、引き返そうとした。彼は煙草を取り、ひと吸いして地面にぽいと投げ捨て、お前よりもずっと大柄というわけでもなかったのに、シャッターの冷たい金属面にお前を押さえつけて動けなくした。茎はこんどは太くなり、長く伸びて、お前の喉から口のなかに入ってきて、葉や、咲きたがっている蕾（つぼみ）をつけた。彼は見下ろしてにやっとした。お前は本音を覗かせていたのだ。彼は手を下へ伸ばしてお前を愛撫し、その瞬間お前はひたすら落ち着いていた。舌に落ちてくる花弁で窒息することはないとわかっていたからだ。

ロト（旧約聖書で、ソドムの町の滅亡から逃れた男）が「これが私の娘たちだ——彼女たちはお前にとってより清らかだ」と言ったとき、彼は町のすべての娘たちのことを言っていたのだった、自分の娘たちだけではなく。これがお前のような男の子たちに対する彼の助言だった。結婚が解決してくれる。それとサラー。サラーとドゥアー。礼拝と祈願だ。そして何よりも、悔い改めること。悔い改めよ、悔い改めよ、悔い改めよ。何よりも大きな罪は己の罪を後悔しないことなのだから。

ファリドが目を覚ますとベッドの自分の隣に開いたスーツケースが置いてある。薄暗いなかで、セーターとブーツを抱えてウォークインクローゼットから出てくるアミーナの姿を見分けるのにちょっと時間がかかる。

「何してるんだ?」

彼女はセーターをベッドに置いて袖を折りこみはじめる。「パッキングよ。正午の便なの。サラが迎えに来てくれる」

興奮と入り混じった怯えを血管に巡らせながら、彼女がセーターを四つ折りにするのを彼は見守る。身を起こしてヘッドボードにもたれる。「どこへ行くの?」

「手工芸品のコンベンションよ。言ったでしょ」

失望の雫(しずく)が安堵の流れにとってかわる。彼はまた枕に沈み込む。「忘れてた」

「一泊だけよ。明日には帰るから」彼女はセーターとブーツをスーツケースに入れるとジッパーを閉じる。彼女が鏡を前に髪を整えるのを見ながら、きれいだよ、と言いたくなる、目のまわりのしわのせいでかえってきれいに見える、と。

彼女は見つめられているのに気がついて、やってきて手で彼の手に触れる。彼は身を起こして引き寄せ、頬に軽くキスする。閉じた唇(くちびる)で笑みを作りながら彼女は体を離して背筋を伸ばす。「わたしがいないあいだ、ここに閉じこもってちゃだめよ。映画でも観にいきなさいよ。散歩するとか。何か楽しめることをしてね、ファリド」彼女の眼差しは今やまるで母親みたいだ。なんでもわかっている。ひたすら慈悲深い。

カイロからロサンゼルスへ。お前は夥(おびただ)しい数にのぼるアラブ人頭脳大流出の一人だった。大学を出てエムリーカ(アメリカ)で職を得て、それと同時に妻も。着いたとたん四、五人の候補を示された。お前の父親が何本か電話をかけ、母親が細かいことを決めた。「結婚は恵みよ、ファリド。

結婚生活のリズムでほかのことがどれももっと楽になるから」と母は請け合った。

　新婚の夜、アミーナはサテンのスリップに着替えてベッドのお前の隣にすわった。凝った形に結い上げた髪からヘアピンを引き抜いていって、しまいに巻き毛がひと房ずつばらばらに肩に落ちかかり、お前は横になって上掛けをかぶり、震えていた。彼女はかがみこんで両手にお前の顔を挟み、お前の頬にキスした。頭をお前の肩に置いて、お前の手を一時間握っていて、しまいにようやく話しはじめた彼女の声は、優しかった。「わたしたち二人ともこれが初めてなのが嬉しい。あなたも初めてなのよね、ファリド、そうでしょ？」

　とまあそんなわけだった。液体から人間をつくり、そして彼らを血と結婚によって家族となすは神なり。彼女はお前の手を取ってそれを自分の豊満な乳房に置き、お前の指の下で乳首が固くなった。お前はそれを見つめ、いつの日かお前の息子がその乳首から命を吸う様を思い描いた。彼女はお前の顔を引き寄せ、お前の手を下へずらした、ほっそりしたウエストと柔らかな腹を越えて。お前の指はさらに下へと滑り、毛が生えている部分に到着して挨拶するが、そこにはちょっとしかとどまらず、彼女の尻へとまわって後ろからぎゅっと摑んだ。彼女は緊張した笑い声をあげ、お前は彼女の上にのり、顔を彼女の顔の横にくっつけて目を閉じ、カイロの通りを探し求めた。

　サラの車が私道から出ていくのが聞こえるまでファリドはそのままベッドにいる。バスローブを羽織ってキッチンへ行き、ケトルをガス台にのせる。つまみを左に、カチカチいうまでねじる、一回、二回。ブルーとオレンジの炎が上がる。細い火柱がケトルへと伸びていくのを見守る、どれも中心がちょっと黄色がかっている。炎は揺るぎなく目的を果たす、ケトルに叫び声をあげさせようと。

椅子を引き出してすわり、アミーナの事業案内やマニュアルを眺める。土器や宝石やキルトのブランケットやバードハウスの作り方。熱い蒸気の甲高い笛の音にはっと注意を引きつけられて、彼は音を止めようとガス台に走る。ティーバッグを入れてあったマグカップに熱湯を注ぎ、居間に持っていく。カーテンを開けて、青白い朝の光を入れ、テレビをつけてチャンネルをニュース番組に合わせて音をミュートにする。炉棚へ行って、分厚い革装のコーランを見るが、触れはしない。マグカップを置いて部屋を出る。

今度は浴室で腕まくりし、シンクの蛇口を開ける。ビスミッラー（アッラーの名において）。彼は手をそれぞれ三回ずつ洗う、まず右から。両の掌をくぼめて水を満たし、口に注いでうがいし、吐き出す。繰り返して、繰り返して。鼻をきれいにし、顔を洗い、腕に戻るが、今度は肘まで洗う。二度繰り返す。濡れた手を頭に滑らし、耳のまわりも。蛇口を閉めて浴槽へ行き、温かい湯が出てくるまでノブを調整する。一度に片足ずつ浸ける。繰り返して、繰り返して。右の人差し指をあげる。アシュハドゥ・アン・ラー・イラーハ・イッラッラー（アッラーのほかに神はないと宣言する）。

薄明かりのなかで、彼はソファにすわって閉じた本を膝に置く。緑の革表紙に金の文字で刻みこまれた言葉を指先でなぞる。漫然とページを繰り、本が導いてくれるにまかせる。ページの上でつぎつぎとカーヴした文字が連なる、長いメロディアスな母音と短くて歯切れのいい子音が。ハラカット（アラビア語の発音区別符号）が行間に記されている、音を表す小さな装飾で、単一の発音を守っている。それらがあわさって、ページの様相はあまりに複雑で真似のできない、人の手になるものにしてはあまりに優雅な、言葉による金銀線細工を呈している。読みながら、ファリドの唇は一音一音にしばし留まり、それが舌を離れるまで味わう。韻文は詩よりも喚起力に富み、散文よりも精製されている。ユーフォニー（心地よい音調）はどの地にも属さず、楽園と地上とのあいだの天空に漂う。

その午後遅く、ファリドは車でビバリーヒルズの集合住宅群を通り抜ける、クレセント通りを、ついでロデオ通りを走る。大通りのいつまでも続く渋滞を避けて住宅地ばかりを行く。電話が鳴り、マゼンの名前が画面に表示される。彼はイヤホンを付けるとボタンを押して応答する。

「やあマゼン」

「ハイ、ババ（お父さん）」声がファリドの耳のなかで轟く。「元気？」

「元気だ、元気だよ、ハビビ（愛しい子）、お前は？　まだ試験勉強中なのか？」背後のくぐもった幾つかの声がファリドの耳に聞こえる。笑い声が。

「うん、友だちとちょっとひと休みしてるんだ。何か食べる物買ってこようかと」

行き止まりまで来たことにファリドは気づき、ハンドルを切って車の向きを変える。「で、うまくいってるのか？　学校とか、あれこれ、だいじょうぶか？」

マゼンは電話を手で覆って、いっしょにいる仲間たちに何か言う。笑い声がファリドの耳から遠ざかる。「ちゃんとやってるよ、ババ。どうしてるかと思って電話したんだ。ママが出かけたのは知ってるよ。ババがだいじょうぶか確かめたかったんだ」

ファリドは歩道の縁石（えんせき）に車を寄せてブレーキをかけ、エンジンはかけっぱなしにしておく。「もちろんだいじょうぶだよ、ハビビ。ひとりじゃ何もできないわけじゃないからね」

「家でごろごろしてるばっかりだってママが言ってたよ」

「俺は休暇中なんだ、それにママは忙しすぎて今のところ旅行は無理だしね」

「ああ、そうだね、だけど、ちょっとはひとりで出かけたほうがいいよ、ね？　気分が良くなるよ」このマゼンの最後の言葉は、頼りなくて不安げに聞こえる。ファリドは身がすくむ。

「ハビビ、俺はだいじょうぶだよ。俺はお前のことを心配してるんだぞ、な？　逆じゃなくってさ」

「だけど僕はちゃんとやってるよ、ババ。何も問題ないよ」ファリドは息子の声に聞き入る、はっきりしていて明るい。体じゅうに静かな落ち着きが広がるのを感じる。

「そうか、なら俺も問題ないよ、ハビビ」

またも笑い声が大きくなり、ファリドの耳に満ち溢れる。「ありがとう、ババ。もう行かなくちゃ。みんなが待ってるんだ」

「そうか、そうか、そうだな。またすぐ会おう」ファリドはイヤホンを外し、前方の並木道を見る。巨大なオークのびっしり茂った葉は黄色くなっている。車が一台のんびり道を横切るのを見つめる、灰色の後部が揺れるのを。


お前は車をサンタモニカ通りとヘイワース通りの角に近いパーキングメーターのある場所に停める。日中ここに来るのは初めてだ。通り過ぎたことはあるが停まったことはない。車から出ながら、靴を歩道に下ろしながら、頭にどっと血がのぼるのを感じる。じろじろ見られているという気がしてくる。三区画歩いてようやく郵便局を、銀行を、食料品店を通り過ぎたことに気が付く。お前が住んでいる通りとは似ていない通りが続く。犬を散歩させる人たち。自転車に乗った人たちが横を通り過ぎる。車がクラクションを鳴らす。陽光のもとで、レインボーカラーの旗が陽気に見える、ふさわしいものであるようにさえ。

野外席のあるレストランが並んでいる、大半が無人のテーブルが、昼の混雑を待ちながらお前を手招きしている。お前はチェックのテーブル掛けの上に布のナプキンが置かれたイタリアンの店を選ぶ。頼んだとおり、接客係の女性はお前を隅の大きなパラソルの下の席にすわらせてくれる。客がいるのはもうひとつのテーブルだけだ。テラスの反対側で、男二人が席に着いて手を握り合っている。片方の男のデニムジャケットを羽織った体がきゃしゃで、もう一方は肩幅が広くて顎ひげを生やしているのをお前は観察する。

「何にいたしましょう？」

お前は濃い睫毛（まつげ）に囲まれた小さな目を見上げる。巻き毛がモホークに刈り上げられている。お前は不器用にメニューをめくり、舌で言葉を形作ろうとする。「そうだな、えっと――アイスティーだけ頼むよ」

お前はあのカップルを振り返る。ジャケットを着ているほうが手を相手のほうへ伸ばし、肩を撫で、首に触れる。男はお前の視線に気が付く。お前はさっとメニューに視線を落とす。

ウェイターがテーブルにアイスティーを置く。「ほんとうに何も召し上がらないんですか？」

「ああ、うん。ハンバーガーはどうだろう？」

ウェイターの顔が明るくなり、笑みを浮かべる。「いいですね。僕の好物です」

ジャケットの男は今度は何か相手が言ったことに笑い声をあげている。ふざけて相手の腕を叩く。顎ひげの男はその手を握って自分の口へ持っていく。手にキスをする、一回、二回。今度はそのひげの男がお前と目を合わせる。彼は身をかがめてもう一人にひそひそ言い、するとデニムジャケットの男がお前のほうを見る。

お前の手は震えはじめる。その手を脚の下につっこんで押さえつけると、そのうち手がしびれてくる。通行人に注意を向ける。スウェットショートパンツとタンクトップ姿の若い男たち。ジェルをつけた髪と滑らかな肌。胸が詰まり、お前は立ち上がりかける。ウェイターがまたやってくると、お前は財布から紙幣を抜き出してテーブルに置く。「すまない、行かなきゃならないんだ」と、ウェイターの顔を見ずに言う、テーブルクロスの直線を目で辿りながら。隅の男二人が歩み去るお前をじっと見ているのを感じる。

車に戻ると、お前は静まり返ったなかですわって、胸のなかでふくれあがる疼(うず)きに神経を集中して静めようとする。クラクションを鳴らされて、お前のあとに停めたくてイライラしている運転手に場所を譲ろうと、車を出す。

お前は明かりのついていないキッチンにすわって、つぎからつぎへと動画を観る。トーブとカフィーヤ姿の男たち、スーツとネクタイの、カーキズボンとポロシャツの男たちが、大きなグループや小さなグループの前に立って、礼拝室や礼拝ホールでしゃべっている。ある男はそれを「ポストモダンな流行病」と呼び、べつの男はそれを「西洋のリベラリズム」に帰する。何度も何度もお前は観る、一部分だけがアップされてから何千回も何千回も再生されている動画を。誰によってしるしを求めて再生される。なんの？

そう、俺は負ってきた、この重荷を、ときには旅人が南京袋を掲げるように頭上に高々と掲げて、そしてまたときには腫瘍(しゅよう)のように胸の底のほうに、だがそれは俺同様東で生まれた。ギザのエルハムド地区で生まれた。そして天使たちがハンサムな男の子――神が平原の二つの都市をひっくり返しそこの人々を石と炎のなかに埋めるよう仕向けた連中だ――を装うのなら、東で生まれたのではないと俺を説得することなどできはしないぞ、お前たち、族長や学者、ペテン師や嘘つきども、ぜったい無理だ。

アスタッグフィルラー（神のお許しを）。繰り返して、繰り返して。

携帯のつんざくようなビープ音に、ファリドはソファの上ではっと目覚める。剪定(せんてい)された枝のように胴体から突き出した彼の細い手足が、ソファの端から垂れている。今や月は高く昇り、カーテンの隙間から一筋の光を投げかけている。音の出ないテレビに目の焦点が合う、音のないニュースに。

　ポケットの携帯を取り出し、もっと遅い便で帰ることになったとアミーナのボイスメールが告げるのを聴く。また頭を後ろにもたせかけて目を閉じ、思い描く。だぼだぼのホワイトジーンズを穿(は)いた姿や冷たい金属の感触を。下がっていって見つけたものを受け入れた両手を。あれを欲し、探し求めた。彼自身の手が今や下がっていってジッパーを開ける、ボタンを外す。そして呼吸が浅くなるにつれ、あえぎもいっしょに迫ってきて、彼は小さなざらざらした粒が口にあふれるのを感じる。塩気を含んだ味わいが容赦なく流れ込んでくる。

# アリゲーター

Alligator

アデル（一九九〇年）

母のスカート父の腕の毛黒い靴革のサンダル硬木の床を横切るスリッパを履いた足トレイにピラミッド形に積み上げられたイチゴ木箱に入ったオレンジかもしかしたら桃レジがカチャカチャいう音が母の声より大きいカチャカチャ走りながらわたしを床からさっと抱き上げる頭を母の肩にのせる唇（くちびる）を淡い黄色の布地にくっつけて店を動きまわる母の体わたしもいっしょに低くて優しい声がわたしの名前を歌うようにアデルアデルあたしのラッキー・アデル

フロリダで暴徒が白人男性をリンチにより殺害

フロリダ州レイクシティー、一九二九年五月十七日——食料雑貨商の白人男性ジョージ・ロミーは、妻が警察署長と撃ちあって致命傷を負った数時間後の本日早朝、この町の近くでリンチにより殺害された。

　ここから二マイル離れた、ロミーの遺体が発見された溝のなかで、検視陪審員による審問が行われた。評決によると、ロミーは未確認の複数名によって死に至らしめられたとのことである。

また陪審員は、ジョン・F・ベイカー署長は、女がベイカーに向かって三回発砲し、肩甲骨を砕かれたため、正当防衛として女に五回発砲したものと認めた。

ロミーの遺体は、何発も弾を撃ち込まれて溝のなかにすわった状態で今朝発見された。遺体は当局によってこの町に運ばれた。ロミーは、昨夜は勾留されていた。

## ジョゼフ（一九六四年）

もちろん、子供たちはうちで引き取った。うちにも面倒をみなくてはならない子供たちがいたが、身内なのだから。ジョージは私のいとこだ。彼は何か厄介なことになってバルドスタを離れて一家でレイクシティーへやってきた。私はあそこでうまくやっていた。食料品店を経営していて、大きな店じゃなかったが、商売は安定していた。彼は、自分も同じようにやっていけると考えたんだ、そしてしばらくはうまくいった。彼に来てくれと頼んだわけじゃないが、彼の一家が近くにいるのは嬉しかった。私もマリアムも、子供たちにしたって、寂しさが薄らぐだろうと思って。それが悪かったって言うんなら、私は責めを負うよ。

あのあと長いあいだ、亡霊を見た、彼とナンシー両方の。二人は怒ってはいなかった。ぜんぜんそんなことはなかった。私がひとりのときにやってきてはいっしょにすわってるんだ、一言も言わずに。こんなこと誰かに話したって意味ない。マリアムを心配させたくなかったし。ただ私の頭のなかで見えてるだけで、そのうち自然とおさまるだろうとわかってた。あのときはそうなったし、またそうなるにきまっている。

二人が死んだあと、私たちはバーミンガムに移った。不安だったからじゃない。逃げだす必要は何もなかった。済んだことは仕方がない、とマリアムに言った、不当な扱いを受けたみたいに騒ぐようなことはなにもない、と。私たちはあの町で十年近く暮らしていた。みんな私たちのことを知っていて、うちの店で買い物して、通りでは挨拶してくれた。うちの一家は町の人たちとなんの違いもないじゃないか、と言うと、彼女も同意した。頭が良かったな、あの女は。神よ、彼女を安らがせたまえ。

引っ越したのは子供たちのためだ。不安だったからじゃない。思い出したりせずにすむ土地で育つのがいちばんだと思っただけだ。混乱して、ちゃんとやっていけなくなったりするといけないからね。それで、サミュエルが戻ってくるのを待って、店を売って引っ越した。

スティーブン・〝ババ〟（南部の白人男性によく使われる愛称）・モレリ（二〇〇三年）

くそ。逃げられた。松の木が茂りすぎだ。あそこにいるのはあいつか？　あいつのしっぽだ。もう行っちまった。あのいまいましい風め。午前中ずっと静かだったのに、あいつを見つけたとたん吹いてきて、俺のにおいを松やらオークやらなにやかやのむこうへ運んでいくんだからな。もっと早く引き金を引けばよかった。まあいいけどな。

でかかったぞ。枝角が九か、十本あったかも。このあたりじゃ大物だ。白い尻尾や枝角が輝いて、百ヤードも離れてなかった。この位置からならなんの障害もなしに撃てる。あいつが俺のにおいをもっと早く嗅ぎつけなかったのが不思議だ。きっと今ごろイトスギ沼に向かって走ってるだろう、ほかの鹿たちをびっくりさせながら。引き金を引けたのに。いまいましい手だ。また鳥がさえずりだした、笑ってやがる。

まあいい。そろそろ発情期だ。涼しくなってきたし。もっと何頭もうろつきだすぞ。ぜったい沼に向かってるな。あそこへ降りてる。俺のスタンドがあればあいつが見えていただろうに。ダイアンのやつめ。いいさ。俺は沼へ行って、隠れ場所を作るぞ。手が落ち着いてさえいたら、あいつを見かけるまえにここに作ってたってよかったんだ。だいぶましになってきた。うん。ほとんど震えが止まってる。


フロリダの食料雑貨店主、リンチにかけられる

（承前）

ロミーと当局とのもめ事は、昨日、ベイカー署長がロミーに店の前のがらくたを片付けるよう申し渡したことに端を発する。ロミーは最終的に、歩道に置いてある商品の箱を店のなかに入れることに同意した。

ガイ・ギレム判事によると、そのすぐあと、ロミーはベイカー署長に電話し、商品はまた歩道に戻したと伝え、「戻ってきて、もう一度俺に動かさせてみたらどうだ」と言ったという。

ベイカー署長は店に戻り、またも口論が起きた。言い争いに加わったロミーの妻がピス

トルを所持していて、ベイカー署長に向けて三発発砲、そのうちの一発が署長の肩甲骨を砕いたとのことである。

　するとベイカー署長も女に向かって発砲、五回にわたって傷を負わせた。女は病院で真夜中ごろ死亡した。ロミーは逮捕され、勾留された。

　保安官の（ベイブ）ダグラスによると、ロミーの独房の鍵や鉄格子を暴徒がこじ開けたという。ロミーは以前ジョージア州のバルドスタに住んでいた。三年前、バルドスタ近郊で覆面をした男たちの集団に暴行されたあと、フロリダへ引っ越してきた。

一九二九年六月十八日

州知事閣下

　閣下の管轄下であるレイクシティーにおける、最近起こった二人の市民の死に関する出来事について本状をしたためております。閣下もすでによくご存じのとおり、ロミー夫妻は先月、非難されるべき状況下で死に至らしめられました。我々は正義が確実に果たされるよう閣下にお力の及ぶ限りのことをしていただきたくお願い申し上げ、またそうしてくださると信じるものであります。

　フロリダじゅうの、そしてその他各地で暮らすシリア系アメリカ市民は、夫妻の命がいたずらに奪われたこの残虐行為に、当然のことながら憤慨しております。我々の法に対する信頼そのものが揺らいでおり、そして信頼回復は、この許すことのできない犯罪にかかわった男たちに対する法的義務に則った調査によってのみ可能であると信じるものであります。調査の結果、多くのシリア系アメリカ人が思っているように、事件にかかわった警官たちに責任があるということが判明した場合、警官たちはしかるべく責任を問われることになると我々は信じております。この件にかんして我々が法の裁きに頼るのは至極当然のことであります。死者の親族に慰めをもたらすためだけではなく、誰も法を逃れることはできないというメッセージを発するためにも。

敬意をこめて

## 証人1――名前の公表を控える（一九六八年）

あの男と女房に起きたことが正しいと言うわけじゃないが、俺たちにだって起こることだし、また起こるだろう。やつらが入ってきたとき俺はずっと俯いていて、もう一人のやつにも同じようにしろって言った。俺はやつらの顔を見たかもしれないし見なかったかもしれないけどそれがどうだっていうんだ？　ああいう男たちは俺にはみんな同じに見える。目をうんと細めて、口は乾ききって何か欲しがってる。

やつらの足音が俺たちの房を通り過ぎてあの男の房の前で止まったんでほっとしたよ。あいつら鍵を壊すんだろうか、それとも保安官が開けてやるんだろうかと思った。金属が吹っ飛ぶ音が聞こえたのか鍵がまわる音が聞こえたのかはわからないし、聞こえたにしろ聞こえなかったにしろ、今じゃ大した違いはない。いっしょに房にいたもう一人のやつは、何か見たことのないものでも見るみたいにずっと見上げてた。あいつはじゅうぶん分別のあるはずの年だったから、そう言ってやったよ。あいつらに俺たちも連れていかせたいのか？って訊いた。お前のママに、傷だらけになって腫れあがったお前がどっかの木からぶら下がってるところを見せたいのか？

やつらはしばらく房であの男を殴ってたから、引き上げたころにはあの男はきっとひどい状態だったろう。やつらがさいしょに殴りはじめたときはあの男は大きな悲鳴をあげてたけど、連中が出ていくころにはもう男の声は聞こえなかった。やつらはあの男を運びださなきゃならなかったから、そのときには死んだも同然だったんだと思う。だけど俺は目をあげなかったし、何も見なかった。

| Re:2013獲物スレッド | #43096-2013/11/11 11:06PM |
|---|---|
| Bama Bubba (アラバマの白人男)<br>10ポイント (枝角の数)<br><br>登録：2011/12/13<br>投稿数：261<br>居住地：アラバマ州<br>バーミンガム | 雄鹿または雌鹿：6ポイントの雄鹿<br>日付：11/11<br>時刻：4pm<br>場所：フロリダ州オセオーラWMA (野生生物管理地域)<br>スタンド位置の詳細：松の茂みを囲む広葉樹林の地面にすわって<br>弾の飛距離：125ヤード<br>回収距離：50ヤード<br>天候：涼しく、微風あり<br>使用猟具：モスバーグ・パトリオット.243 win.<br>フェデラル・フュージョンの95グレイン弾、<br>ボルテックス・スコープ |

セントオーガスティン　一八四〇年十二月三十一日

朗報――インディアン四十人を捕らえる――インディアン十人吊るされる。――ウォルター・M号のトンプソン船長が今朝キービスケーンから到着、九十人の部下を率いてエバーグレイズへ進軍していたハーニー大佐がウェ・キ・カクという町を発見、そこで二十九人の女と子供、戦士一人を捕らえ、十人の戦士を殺害あるいは縛り首にした――（恐らく攻撃の際に射殺したのであろう）――と口頭で報告した。

しかしながら我々としては、彼らが生きたまま捕らえられたのち縛り首に処されたことを望みたい。なんといってもカールーサハッチー及びインディアンキーにおける虐殺を行った集団に属しているのであるからして、彼らには慈悲も、裁判官や陪審員もふさわしくない――死刑執行人だけがふさわしいのである。そしてフロリダの人々はかように有益な報復例が数少ないことを長らく嘆いてきた。これらのインディアンどもが縛り首に処されたのだとしたら、我々がついに本気になったことが彼らの仲間にもわかるであろう。

カリーン（一九九一年）

年を重ねることだねって誰もが言った。時間だけが癒（いや）してくれるって言われた。だけど時間は伸ばしたゴム輪で、またぱちんともとに戻ってしまう。近ごろでは、眠ると見えるのはあの人だけ、わたしのお母さん。毎晩夢ばかり見て、それが日中まで追いかけてくる。

二人が死んだとき、サミュエルは二人のことを口にしようとしなかったけれど、そんなのわたしには何の役にも立たなかった。わたしたちの両親の名前を口にしただけで、サミュエルは日が暮れたあとのミモザの葉みたいにくしゃんとしおれてしまった。わたしはひとりであのことを抱えてなくちゃならなかった。何度も何度も考えた、あの日両親はどんなに恐ろしかったことだろう、今際の際にわたしたちのことで何を思ったんだろうって。

あのあと何か月も、アデルはママとババ(アラビア語で父親の意)を求めて泣いて、わたしはあの子に、二人は働きにいってるんだよ、すぐにお菓子や土産話を持って帰ってくるからね、としか言えなかった。あの子はたった四つだった、わたしたちのいちばん下、そして誰もあの子に教えるなんてことできなかった。あんなこと、どうやって小さな子に理解させられる? そう、あれでかえってよかった。わたしたちのなかでただ一人忘れることのできる子を助けようとしたんだもの。一年も経たないうちにあの子は両親のことは一切口にしなくなって、マリアムおばさんをママと呼ぶようになった、あとのきょうだいは誰もそうは呼ばなかったのに。これはリリーをものすごく怒らせた。「あれはあんたのママじゃない」とわめいてアデルを泣かせて、マリアムおばさんとジョゼフおじさんはリリーが落ち着くまで寝室に閉じ込めるしかなかった。

去年アデルが死んだとき、わたしはサミュエルに、やっぱりリリーに知らせなくちゃ、と言った。すると彼は肩をすくめただけだったけれど、それでも住所を見つけ出してくれて二十年以上経ってはじめてわたしは彼女の住所を知った。サミュエルは手紙を書くのはわたしに任せ、わたしはただ、こんなに何年も経ってしまったけれどお葬式には来てちょうだい、とだけ書いた。赤ちゃんのアデルはもう赤ちゃんじゃありません、と書いた。わたしたちと同じくお婆さんになって、眠ったまま死にました、と。

でも、彼女は来なかった。そしてわたしは手紙のことはサミュエルに言わなかったし、サミュエルも訊かなかった。でもわたしと同じことを考えていたのはわかる、彼女、またフロリダに住んでるんだって、そんなことどうやって我慢できるんだろうってね。今でさえわたしはあそこに一歩たりとも踏み込む気はない。七十五歳の女であるわたしはいまだに自分のママの夢を見て、ママの顔を心のなかに焼きつけたまま怯えて目を覚ます。ママの体からは血が流れていて、丸いお腹が宙に突き出ている。

一九〇七年十二月七日土曜日
委員会、意見が割れる
移民の制限について、メンバーの見解はなおも異なっている
一部の好ましからざる外国人

教育が最上のテスト
バーネット判事は昨夜、移民問題の唯一の解決策は、個々の移民に自分の母語あるいは他の言語で読み書きができることを要求する教育テストであると述べた。これで好ましからざる移民の七五%を削減できると判事は言明する。判事の意見によると、彼らの大部分はアジアの小国、イタリア南部、そしてシチリアから来ているという。
「こうした人々の六〇%は読み書きができない」とバーネット判事は述べた、「そして彼

らをこの国に上陸させないことが肝要だ。とりわけシチリアから我が国へやってくる移民は無知で物騒だ。彼らはあらゆる蒸気船に乗って米国へやってくる、止めなくてはいけない」。

シリア人は最悪だ

「シリア人移民はさらにたちが悪い。私が見たところ、彼らの多くは我が国の現行の緩い法律のもとですら容認できない類である。メキシコかカナダへ行く途中なのだ、できれば前者へ、と彼らは臆面もなく言うのだが、最終的にはそれらの国を通って米国へたどり着きたいと願っている。

　ドイツからの移民が我が国にとっては間違いなくベストだ。しかし残念なことに、南部イタリア人と違って、この国へ来たくてたまらないと思っている人はほとんどいない。彼らは自国で豊かに暮らしている。ドイツやイギリス諸島、スイスや北イタリアといったところからの望ましい移民にしても、あまり多くを受け入れることはできない。だが南部イタリア人、シチリア人、シリア人に対処するためには思い切った法律を制定する必要がある」

**スティーブン・モレリ**
2017年10月13日　1:43am　アメリカ合衆国アラバマ州バーミンガム

さて、皆さんは私がたいていの男（そして女性）よりもフットボールが好きなことをご存じだろうが、NFL【ナショナル・フットボール・リーグ】には見切りをつけることになりそうだし、ほかにも大勢そういう男がいる。あの社会正義戦士たちにこのままやらせておくならね。金をもらい過ぎの感謝を知らないろくでなしどもをご機嫌にさせておこうと一生懸命じゃないか、たとえそれが我が国の国旗や国歌に、そして**あろうことか**命がけで**彼ら**の自由を守っている我が国の軍隊に敬意を払わないってことになっても。

39

ジョゼフ（一九六四年）

二人がすぐに去ってくれますようにと私はマリアムに祈る。彼女を葬ったことでこうなったんだ。神よ彼女を安らかに眠らせたまえ。またあの墓地に行って、あの石に刻まれた二人の名前を見たことで。

あの当時は、この国で死ぬということはここに葬られるということだった。今みたいなことは何もなかった、レバノンへ、シリアへ、どこだろうと生まれた土地へ送りかえすなんてことは。私に言わせれば、そんなの当時にしろ今にしろ無駄なことだ。自分にしがみついてはくれなかった土地にしがみつくなんて。そう言おうとしても、みんな聞いてくれない。私に同じことを訊き続ける、どうして二人をあそこに葬ったんだ、どうして子供たちはお参りしないんだ、と。私のところへ来るんならあんたたちが参ってやってくれ！と私は言う。

私は二人をバルドスタに葬ってやりたかった。あそこにはあの二人の友だちもいたし、近所付き合いがあった。でもバーミンガムでなくちゃ、あたしたちといっしょに、とマリアムは言った。自分が子供たちをときどき連れていくから、と請け合った。私には納得できなかった。あの子たちに悪夢を見させるだけだぞ、と言ったら、あいつは、あたしがいちばんよくわかってるんだから、と答えた。あれだけの人数に食べさせて着させようとするだけで私は手いっぱいだった。ちょうど大恐慌のころで、仕事はあまりなかった。ジョージの息子とうちの息子たちが働けるくらい大きくなると、いくらかは助かった。

さいしょ、子供たちの扱いは難しかったが、あの子たちは慣れてきた。私とマリアムの育て方はジョージたちとはまた違うんだとわかってきた。ジョージは頑張っていたが――神よ彼を安らかに眠らせたまえ――頑張るといつも厄介なことになるし、ナンシーは注意しなくてはならないときにけしかけて、しかも女房が思ったことをそのまま口にするのをあいつは放っておいたんだ。あの二人が違う生き方をしてたら、もっと楽だっただろう、それだけのことだ。子供たちは、あの二人とは違う生き方をしてきた。まあともかくほぼ全員が。金はそんなになかったが、いつもあの子たちにはきちんとした格好をさせてきた。私たちが言うことをあの子たちはちゃんと聴いて、厄介ごとを起こす人間にはかかわらないようにし、教会でボランティアをやった。それほど経たないうちにサミュエルは自分で食料雑貨販売を始めた。女の子のうちの二人はちゃんとした男と結婚した、カリーンはウィルソンという名前の男と、アデルはモレリという名前の男と。うまく暮らして、良い家族を作った。ジョージとナンシー、頑固だったあの二人も自慢に思うんじゃないかと考えたいよ。二人にそう言おうとするんだが、聞いてくれないんだ。

ダグラス保安官——書面による証言（一九二九年）

先週の金曜日に刑務所へ入ってきてあの男を連れ出したのは、本官の知らない人間たちであります。あの男たちがやってきたのは明け方の早い時間で、本官はいつものように奥の簡易ベッドで寝ておりました。連中が入ってくる物音を聞いた本官が死ぬほど驚いて駆け出し、全力を尽くして追い返そうとしたのは神がご存じです。ですがあまりに人数が多く、あの男を力ずくで連れ出そうと躍起になっていました。本官は連中にいかなる手助けもしませんでしたし、どこの誰だったのかさっぱりわかりません。連中はあの男の独房の鍵を壊し、連中が出ていったあと、壊すのに使った鉄パイプが中に投げ込んであるのを見つけました。何が起こったかは明らかですが、誰がやったのかはわかりません。

ああいう暴徒どもがリンチを企てているとき、本官は全力を尽くして介入し、誰も危害を加えられないように努めます。ですが、申し上げたとおり、今回のケースについては、本官はたいしたお役にはたてません。あの男を連れ出したのは本官の知らない人間でしたし、今も誰なのかわからないままです。

アデル（一九九〇年）

太陽で頭が痛くなる眩(まぶ)しい太陽下へ下へとおろされる同じ二つの棺(ひつぎ)リリーの顔濡れた手がキスすると塩辛いサミュエルが静かにしろと彼女に言う彼は走っていくカリーンがそのあとから走っていって戻ってきて芝生にすわるわたしを膝(ひざ)にのせてほかの手がわたしを持ち上げようとするカリーンから取り上げようとカリーンはだめだめだめと言うリリーもそう言うわたしたちの隣にすわってわたしにぎゅっと腕を巻きつけるカリーンがわたしたち二人とも抱きしめてメロディを口ずさむ今ではほとんど聞こえそう手を伸ばしたらすぐそこにだめそれはからかってホタルみたいに飛びまわる輪郭が薄れていっていちばん高い音といちばん低い音だけになってつぎへとつながらない

## 一九〇九年十二月四日土曜日
## シリア人

シリア人への帰化証明書交付をめぐる論争は興味深いものである。入国管理当局は、シリア人は白人ではなくモンゴル人なので帰化させることはできないという立場をとる。しかしながらアトランタの連邦裁判所判事はそれと反対の裁定を下し、シリア人にはこの国で市民権を獲得する権利があると述べる。この件は連邦控訴裁判所で審議されることとなる。これは重要な問題である、なんといってもすでに大きな数字となっているこの国におけるシリア人人口は日々急速に増大しているのだ。シリア人は、問題なく帰化証明書を交付されるエリス島（ニューヨークの島。かつて入国管理施設が置かれ、移民はここを経て入国した）から来る多くの者たちよりもずっと上位の階級を形成するだろうというのが、大方の意見である。シリア人は一般に、振舞いが規律正しく、見苦しくない容姿で、せっせと働き、倹約を旨としている。唯一異議を唱えたいのは金を稼ぎすぎることだ。

スティーブン・〝ババ〟・モレリ（二〇〇三年）

あれは新しい樹液だ。あいつが通ったのは確かだ。だけど樹皮はそれほどぼろぼろじゃない。あいつじゃないのかも。ほかの雄鹿がこすったのか。もっと小さな、枝角が四本か、五本くらいの。必要なのは俺のスタンドだ。沼まで、雌鹿がねぐらにしてるにちがいない松の木立まではっきり見通せるような。まあいいさ。あいつをこっそり見張ったことがあるんだ。またやるさ。

絶えかけている技術だ、スティル－ハンティング（忍び寄りと待ち伏せによる狩り）。みんな自分のスタンドで、一日じゅう木立ですわって、待つ。地面でこんなふうに、それが狩りなんだ。

ほらあいつだ。あいつの白い毛だ。五十ヤード以上あるな。あんなに遠くちゃ撃てない。あいつ、それがわかってるんだ。しゃんとしてて背が高い。馬鹿でかいな。百八十、いや二百ポンド近くあるかな。仕留めたら引きずって戻らなくちゃならない。どうするかな。子供たちの誰かを連れてきてればなあ。ダイアンのやつめ。子供たちと家。俺のスタンド。

いいぞ、そこにいてくれ。射程距離内だ。かろうじて。

くそ。早すぎた。くそ。まずったな。早すぎた。脚があがった。あいつは倒れたぞ。だよな?

このいまいましい手め。

一八三六年五月五日木曜日

インディアン戦争——ここに掲載した長い文書には、スコット将軍の軍隊の行軍結果が、そしてほぼ確実に今季の全軍事作戦の成果となるものが記されている。もしスコットがピーズ・クリークへの行軍で同様に失敗したならば、敵を見つけ出して制覇するためのあらゆる努力は秋まで中止しなくてはならなくなる。これ以上の軍事行動は気候を考えると無理なのだ。たとえば非加熱食品を食べ続けるなら、軍勢の半分が命を失い、そして考えられ得るあらゆる困難に苦しめられることとなろう。

上記で触れた以外の文書では、インディアンの発見についてはかすかな望みのみが示されている——彼らは少人数に分散して散らばり、沼沢地に入ったと考えられる。ピーズ・

クリークへの行軍においては軍団に多大な困難が予想されていた。暑さは耐えがたいほどになっていたのだ。

一九二九年六月八日

州知事さま

　私はきっと知事さまもそうであるような信心深い人間です。そして私はもうこれ以上一日たりともりょう心にせめさいなまれながら何もしないでいることはできません。保安官たちがロミーと奥さんにしたことは正しくないし、ここでやってること、私たちの目の前でほとんどかくしもされないままになっていることにしても。みつぞう酒づくりもそうだし、おうしゅうした物をやりとりすることさえ当たり前になって見て見ぬふりをされてます。だけどロミーはたいほされてもていこうしなかったのに、私はこの目で、あの保安官たちがピストルで彼をなぐり、車へひきずっていって、彼の奥さんはたおれて血をながして死にかけていたのを見たのです。彼がひきずられたあとには血の筋ができて、べとべとになっていて、きれいにするのに水が手おけに十杯もいりました。そして奥さんのほうは、あれではとてもてあてできるじょうたいではありませんでした。おたずねしたいです、あれが犯罪でないならいったいなにが犯罪なんでしょうか。あのかわいそうな子供たちのことがずっと頭からはなれません。どうかあの刑務所の黒人たちに、見たことを話してくれと言ってください。きっと話すのをこわがっているのです、ですが、知事さまなら彼らの安全をまもれるし、そうしてくださると信じております。

ゆうりょする市民より

## FLORIDA MOB LYNCHES NEGRO FOR ALLEGED INSULT TO A WOMAN

GAINESVILLE, Fla., Dec. 28. (AP)—Breaking the lo... jail at Waldo, 20 ... here, a party of uni... late Tuesday night ... Buddington, 55, n... miles from the town ... to death. The neg... found by a tourist. ... jury returned the ve... negro came to his ... hands of a party o... known.

## ...orida Mob Lynches Second Accused Neg...

...erry, Fla., Dec. 12 (Associat... he two negr... ection with t... Hendry, sch... ast night wh... n from the o... pting to tra... ail, and sh... ourned at t... a mob of s... aken him fr... ought the t...

## Florida Mob Lynches Negro

QUIN...

## FLORIDA MOB LYNCHES NEGRO CHARGED WITH ATTACKING GIRL, 12

(By Associated Press)

QUINCY, Fla., Nov. 10—Will Larkins, negro indicted here Saturday on a charge of assaulting a 12 year old white girl, was lynched Saturday night.

The negro was hanged with a strand of wire and shot to death by a mob which took him from a jail somewhere in this vicinity.

Sheriff G. S. Gregory, who was in Jacksonville, had placed the negro in an unknown jail in the afternoon. Larkins was lodged in the jail at ...hassee Friday night for safe...ng, but it was understood he ...pirited away from there Satur... when a mob was said to have ...

## Florida Mob Lynches Negro

MADISON, Fla., Oct. 11—(AP)—Sheriff Lonnie Davis said today that Jesse James Payne, Negro under indictment for assault with intent to rape a five-year-old white girl, was taken from an unguarded Madison county jail here last night and shot to death.

Sheriff Davis said the Negro was brought back from Raiford Tuesday to be arraigned. He pleaded innocent to the charge.

"All I know is that he was taken out of the jail sometime between dark and daylight and was found dead seven miles south of here on the highway," the sheriff said.

## FLORIDA MOB LYNCHES NEGRO; SECOND CASE IN THREE DAYS

...Woman Scared; She Now Tells Authorities Man Did Not Attack Her.

...y the Associated Press.

LABELLE, Fla., May 12.—Hen...y Patterson, Negro, accused o... having attacked a white woman ...was shot and killed near here las... night by a band of men. The body ...was paraded through the streets ...then hanged to a tree on the out...skirts of town.

Patterson was arrested shortly ...before noon. Soon afterwards he ...was said to have escaped from the ...officers' automobile in which he ...was riding. Later he was captured by the mob. According to ...the authorities, the woman now says the Negro did not attack her, but that she was scared.

## Florida Mob Lynches Insulter of White Woman

BY ASSOCIATED PRESS

LAKE CITY, Fla., Nov. 29.—Enraged at an insult alleged to have been made upon a young white woman of Columbia county, a party of men lynched a negro named Sam Mosely last night about ten miles south of this place. Nothing was known of the lynching until passers-by on their way to Lake City noticed the body hanging to a tree by the road.

カリーン（一九九一年）

あの人は昨夜またわたしのところへきた。どう言ったらいいかわからないんだけど、今回は死んでるっていうより生きていた。頭のなかでちゃんと夢だってことはわかってるんだけれど、あの人はしゃべっていて、まるで生きてる人みたいに笑いさえした。サミュエルもいて、あの人はサミュエルに、わたしたちを連れてアイスクリームを食べにいっておいでって言った。もちろん彼はチャンスに飛びついた。車を運転したかったのね。あの人からお金を持っていきなさいと言われて手を伸ばしたわたしは、あの人が滑（なめ）らかな若い手で、わたしの手はお婆さんの手だって気が付いた。そのときこれは夢なんだとわかって、胸が張り裂けそうだった、あの人よりも、自分の母親よりも年をとっただなんて。

あの人はまた言った、「あの子たちをアイスクリーム食べに連れてってやって」と。するとリリーとアデルが現れて、わたしたちは車へ走って乗り込んで、互いに先を争ってサミュエルの隣にすわろうとした。運転席にすわった兄さんは、静かにすわってろってわたしたちに怒鳴ったけれど、怒ってはいなかった。あのころ、サミュエルを怒らせることなんかどうしたってできやしなかった。湖に着くか着かないかというときに、車に衝突された。ひどくはなかったし、正面衝突でもなく、ただ右後ろの角をかすめて、わたしがすわってた横のところをこすっただけで走り去った。わたしたちは悲鳴をあげて、それからサイレンが聞こえてくると静かになった。サミュエルに落ち着けと言われてそうしたのだ。兄さんが動揺しているのがわたしにはわかった。両手が覚束なくて、道路脇へ車を停めようとすると車ががたがた揺れた。

わたしたちはすわったまま、パトカーが湖のカーヴに沿って走って、逃げた車に迫るのを見守った。あれは犯罪者とか殺人者とかなんだろうか、あんなふうにして保安官から逃げるだなんて、とわたしたちは考えた。とにかく息を詰めて見ているしかなかった。サミュエルは息をするたび笛を吹くような音をたてていて、わたしは兄さんの手を握りたかったのだけれど、そのままますわって待ってるほうがいいのはわかっていた。

もうこれまでだと思ったトラックは停止して、麦わら帽子をかぶった男ともう一人の男が降りてきて、警官に向かって身振り手真似をはじめた。何を言ってるかは聞こえなかったけれど、麦わら帽子をかぶった男が両腕を宙で打ち振り、空を指してそれから保安官たちを指すようなそぶりをしたから、保安官たちはきっと男を撃つだろうとわたしは思ったんだけど、撃たなかった。ただひどくゆっくり男に近寄ると、これまたゆっくりと男の両腕を背中にまわさせて手錠をかけた。誰も怪我しなくてよかったと思ったのを覚えている。

数分後に保安官がわたしたちの車の窓のところにやってきて、あのトラックは盗まれたんだと説明し、トラックがわたしたちの車にぶつかったことを謝った。保安官は、みんなだいじょうぶだったかとサミュエルに訊いた。面倒をみてもらう必要があるか、と。サミュエルはもう一度わたしたちを見まわして、いいえ、と答え、保安官がもっと何か言うのを待った。さてさて、と保安官は車をひとまわりして戻ってくると、傷はついているがそれほどひどくもない、と言い、そして、逮捕した男たちに修理する責任があるだろうな、と言った。「用事を片付けろ」と保安官は言った。「それから俺のところへ来い」と。サミュエルが礼を言うと、保安官は頷(うなず)いて、わたしたちはみんな保安官に手を振り、車で走り去った。

目が覚めたわたしは、午前中ずっと、あの日サミュエルはわたしたちを、アイスクリームを食べに連れて行ってくれたのだったか、それとも向きを変えて店に戻ったのだったか思い出そうとした。今でもどちらだったかわからないし、それに、ああ、どちらでも違いはないのはわかっている。ただ、思い出したいのか忘れたいのか、どっちかにしたい。

合衆国国勢調査、一九四〇年

ファースト・ネーム：サミュエル
ミドル・ネーム：R.
ラスト・ネーム：ロミー
居住地：アラバマ州ジェファーソン
推定生年：一九一〇年
生誕地：ジョージア州
調査時の年齢：三十歳
職業：トラック運転手
産業：製造業
性別：男性
人種：白人
民族：白人

HARPER'S WEEKLY
A
JOURNAL OF CIVILIZATION
VOL. II.—No. 76.]
NEW YORK, SATURDAY, JUNE 12, 1858.
[PRICE FIVE CENTS.


（承前）

セミノール族は、彼らの族長数名によるこの手続きを正当なものと認めることを拒否した。代表団そのものが自らの行為を否定し、彼らに土地の放棄やフロリダからの移動を要求するいかなる書類にも署名はしていないと断言した。それでもなお、条約の実行を余儀なくされるのは避けられないと彼らは思っていた。年取って鈍重なミカノピは大胆でずる賢い混血のオセオラの道具にすぎず、族長ではないこの男が支配的影響力を持っていた。

オセオラには、移住するという合意を守るつもりなどさらさらなかった。彼は時間稼ぎを願い、そして何よりもまず、友情を示してみせることで武器と火薬と弾丸を手に入れることを望んでいた。トンプソンはこれらを売るのを拒否した。オセオラは、一瞬我を忘れて激高した。「俺は黒人か？」と彼は言った。「奴隷か？　俺はインディアンだ。白人は俺を黒くできない。俺は白人を血で赤くして、それから太陽と雨にさらして黒くしてやる、オオカミに骨を嗅がれ、ハゲワシに肉を食らわれるようにな」

一九二九年五月十九日

州知事閣下

今週我々の町でかの市民に起こったことについて異議を申し述べたくお便りしております。閣下もよくご存じだと思いますが、事の成り行きに満足している者はおりません。保安官たちのあのような行いは間違っていますが、皆報復が怖くて言えずにおります。彼らが自分たちの銃でロミーを殴る様子を見ていた者は何人かいて、彼の奥さんが保安官を撃ったのはそのときで、こんなことを言っていいのかわかりませんが、奥さんは保安官たちが夫を殺そうとしていると考えたんじゃないかとしか思えないのです。弾はベイカーにあたりましたが、奥さんに撃ち返したのはベイカーではありません。閣下が調査なされば、保安官代理のコックスだったとわかるはずです、何度も撃ち返して奥さんを殺したんです。翌朝あの暴徒にロミーを連れ出させたのは警察だということも皆が知っています。夫婦を殺すということはダグラス保安官と保安官代理と警察とのあいだで決まっていて、レイクシティーの全員もそう思っています。あの夫婦のことが気になるから殺したかったのです。

レイクシティーの一市民より

## ジョゼフ（一九六四年）

何が起こったか見ていた人たちは誰も記録しようとはしなかったが、それでもそういう人たちの言葉は私たちに届いた。気の毒に思ったのかどうかはわからない。驚いた、というところじゃないかな。何年も経ってから、うちの店を買った男が手紙をくれて、自分たちの店で血を流して倒れているナンシーの姿が脳裏から去らないのだと書かれていた。私は南部の人間で人が死ぬところはさんざん見てきた、と彼は綴っていた、でも、白人女性があんな死に方をするのは正しいことではない、と。彼の手紙のことはマリアムには話さなかったが、彼女は見つけて読んで、ただこう言った。あの男、あの場にいさえしなかったのに。

本当のところ、何人が私たちと顔見知りだったんだろう、その保安官が知らない人間たちだと言ううちの？　私やジョージの食料雑貨店にやってきたり、牛乳やバターやキャンディを買いに子供を寄越したりしていた男が何人くらいいたんだろう？　水を一杯飲みに立ち寄っていたのがそのうちの何人くらい？　やあ、とか、さよなら、とか声をかけたり、家族の様子を訊ねてくれたりしてた男が？　私たちの店のお客だっていたはずだ、近所の人だって。何年越しの顔見知りだっていたはずだ。

シリア人たちも同じことを訊ねた。私たちと知り合いだったんじゃないのか、あの男たちは？　私たちは彼らといっしょに教会へ行って、いっしょにすわって、自分たちのことを知ってもらうようにしてきたんじゃないのか？　私たちが彼らと同じだということは、ちゃんとわかってるはずだ。私がどう答えてもじゅうぶんじゃなかった。そう、みんな怒っていた。手紙を書いたり、弁護士を雇ったりしてくれて、私や子供たちのすぐそばにいながら何もしてくれなかったとは言えない。みんなで資金調達したり寄付金を集めたりいろいろしてくれた。でも同じ質問ばかりするんだ。みんな、私が言わないことを聞きたがってるんだとわかっていた。ジョージが悪かったのかもしれないとね。彼とナンシーの両方が。二人はきっと自分からああいう結末を招いたんだって。法は法だ、私たちにできるのは、法を尊重してかかわらないようにしていることだけだ。なかにはそんなようなことを言って頷いて、私もいっしょに頷かせる人もいた。

## ザ・シリアン・ワールド

（承前）

このシリア人のリンチ事件の詳細はじつに忌まわしいものだ。どの角度から事件を見ようが、このシリア人一家に加えられた警官と暴徒による残酷な扱いにはなんの正当性も見いだせない。悲劇を取り巻く状況の徹底した調査がなされるべきであるし、責任を負うべき者たちは法の裁きに委ねられねばならない。シリア人は、白人女性を襲った疑いがある場合はリンチで殺しても当然だと南部で思われている黒人ではない。シリア人は白人の文明人であり、優れた伝統と輝かしい歴史的背景を持っており、アメリカ国民のなかでも最高の構成員として扱われるべきなのである。

——アシュ－シャーブ、ニューヨーク、五月二十四日

証人2——名前の公表を差し控える（一九三九年）

あいつらがあの男を連れてきて俺たちの房の前を歩かせたとき、俺たちの房には二人しかいなかった。もう一人が房の向こうから、黙ってろってきつく言うからそうしたが、ちらちら盗み見はしてたんだ。黙らせておくことはできても見ないようにさせることはできないっていうのが、俺の爺ちゃんの口癖（くちぐせ）だった。だけど爺ちゃんは五十になったときにはほとんど目が見えなくなってたから、まあ、好きに考えてもらえばいいがね。

その白人集団——犯罪者、クラン（白人至上主義団体クー・クラックス・クラン）の団員、善きサマリア人——は、郡のお祭のショーみたいに大声で叫んだりわめいたりしてた。一人がもう一人を煽る、それぞれが隣の男よりひどいことをしてやるって言うんだ。その時、保安官があいつらに静かにしろって言うのが聞こえた。「集まれ」って保安官が叫んで、連中はそうした。

それから内側にいる男のことをみんなでうんと笑ってるみたいだったが、男が何発かパンチを食らってるようにも聞こえたな。そしてあいつらがブーツで蹴る音がして、あいつらが唸（うな）ったり唾（つば）を吐いたり、しまいに保安官がまた連中に、行け、と叫んだ。あいつらがあの男を運び出すのが聞こえたけど、俺はずっと俯いてた。もう一人からそうしろって言われたからじゃない。奥に息子が捕まってて父親を助けられないでいるのをわかっていながら、頭に蹴りを食らった男なんか見たくなかったからだ。連中が行ってしまうと、保安官は俺たちのほうは見向きもせずにオフィスへ戻っていった。一度も目をあげて、俺たちが見てたかどうか確かめようとはしなかったな。

一九二九年一月十五日火曜日
当地を訪れる観光客にとってムーサ島は魅力たっぷり
セミノールとアリゲーターのレスリングは、いつも観客を魅了

ムーサ島のインディアン村とアリゲーター園はすっかりリニューアルされ、さまざまな呼び物が加わって、またも毎週何千人もの入場者が詰めかけている。ムーサ島には長いあいだフロリダの先住民であるセミノールの人々が暮らしてきた。白人がフロリダ南部にやってくる以前から集落があったのだ。現在では、フロリダ在来の動物と鳥類を集めた動物園と、何百匹ものフロリダ在来種がいるアリゲーター園を加えて、事実上、冬にグレーターマイアミエリアを訪れる観光客なら必ず訪れる場所となっている。

ムーサ島におけるさまざまな珍しい呼び物の一つが、毎日行われる先住民セミノール族と成長しきったアリゲーターとのレスリングである。必ず観客を魅了するこの妙技だが、やってみたいと思う者はあまり多くはないだろう。

ムーサ島のインディアンは完全な先住民の村を作り上げており、観光客はそこで、彼らがアメリカの熱帯地方で長年暮らしてきた、そのまったく同じ生活様式を見ることができる。

一八三八年十二月九日　フロリダ州ボルーシャ郡

　これはインディアン戦争ではなくニグロ戦争だ、と確信を持たれているかもしれません。そして迅速に制圧できなければ、来シーズンが終わるまえに南部は奴隷人口への影響を感じることとなるでしょう。軍隊の基盤をもっとしっかりしたものとしなくては解散することになります、除隊者の数は夥しく、再入隊する兵士はいません。士官たちは現在のお粗末な僅かばかりの手当では生活していけません。一般的な公平さの諸原則に則って、彼らには海軍と同程度の地位が提供されるべきです。この件に率先して取り組むことで、閣下は彼らから感謝され、この国に重要な貢献をなすこととなるでしょう。

　できるかぎり迅速かつ精力的に対処すべきだと大統領に強くおっしゃってください。

畏敬の念をもって、閣下の従順なる下僕、

ＴＨ・Ｓ・ジェサップ

| ピンソンはどうなってるんだ？ | #30096-2013/7/15　01:37PM |
|---|---|
| Free56hunter<br>8ポイント<br><br>登録：2009/11/18<br>投稿：1785<br>位置情報：アラバマ州ヘレナ | ここでこんな投稿すると誰かの気分を害して人種差別主義者呼ばわりされるのはわかっているが、ピンソンはどうなってるんだ？？　昨夜娘をあそこの医者へ連れていく必要があって、そのあと食事しようとマクドナルドへ寄ったら、白人男性である私は「マイノリティ」だった。すわりもしないうちに、英語ではない言葉が二種類聞こえてきたし、数えられないくらいフーディー（フード付きパーカー。2012年、着用していたアフリカ系青年が白人自警団員に射殺された後、人種差別に抗議するシンボルとなった）姿がいた。肌の色や人種が違ったって何も悪くはない。だが私が目にした連中は、子供のころの記憶にあるピンソンならぜったい浮いてたはずだ。 |
| Re: ピンソンはどうなってるんだ？<br>〔Re:free56hunter〕 | #30108-2013/7/15　01:46PM |
| doehunter<br>12ポイント<br><br>登録：2011/4/23<br>投稿：359<br>位置情報：アラバマ | あそこにアパートがたくさん建ったせいで奴らが移ってきやすくなったんだ。ここ何年もヒスパニックが「大幅に」増えてるのと、韓国人と中国人がそれよりもっと増えてるのは言うまでもなく。ほかのも増えているのかもしれないが、はっきり目につくのはこういう連中だ。問題はそれがピンソンだけじゃないってことだ。どこでもそうなんだ！ |
| Re：ピンソンはどうなってるんだ？<br>〔Re:free56hunter〕 | #30125-2013/7/15　02:08PM |
| bh2000<br>14ポイント<br><br>登録：2010/10/19<br>投稿：15823<br>位置情報：USAのどこかの町 | 1. 何人の白人が妊娠中絶しているか？<br>2. 何人の黒人が妊娠中絶しているか？<br>3. 何人のアジア人が妊娠中絶しているか？<br>4. 何人のアラブ人が妊娠中絶しているか？<br><br>おわかりでしょう。自分に問いかけてみてください、アメリカで妊娠中絶／殺人が合法化されて以来、それが白人の人口にどういう影響を及ぼしているか？ |

ハルパターーミッコ（一八三六年）

我々は決断を迫られた。この土地を去るかここを守るために戦うか。我々は戦った。オセオラがキング砦の攻撃を指揮することになっていた。それから戻ってきて、我々がブルック砦からワフー沼へ近づいてくる兵士たちと戦うのを手助けしてくれるはずだった。黒人たちも武器を持って我々と共に戦う準備を整えていた。沼で兵士たちを襲う計画だった。負けても安全に退却できる場所だからだ。

オセオラが戻って来なかったとき、自分が先頭に立つとジャンパーが言った。彼は誰にもついてこいと強制などしなかった。最初の光とともに我々は沼を離れ、道に近づいた。位置に着き、マツやヤシで身を隠した。合図と同時に、我々は小銃を構えて白人男たちの半分を撃ち殺した。残った半分は慌てて大砲を発射したが、砲弾はこちらの頭上を飛び越え、煙が晴れると我々は大砲に弾を込めていた男たちを撃ち殺した。兵士や将校たちはわあわあ叫びながら剣を振りまわしたが、もう火薬がなかった。最終的に我々は彼ら全員を殺した。黒人たちは戦場にあとまで残った。死んだ男たちを眺めたかったのだ。

アデル（一九九〇年）

彼女の言葉がとてもはっきり聞こえる母の言葉が何を言っているのかはわからないどれだけ耳をすまそうと一心に聞こうとそれはわたしの言葉ではないから長いあいだ胸にしまっておいてからカリーンにどういう意味なのか訊いたらだめだめアデルちゃんと言われリリーはそれをわたしに怒鳴り返すカリーンに嘘つきと言うあんた知ってるでしょサミュエルがしーって言うリリーはドアをばた

んと開けてまたばたんと閉めて何度も何度も繰り返して彼女は言うまだ死なないかまだ死なないかまだ死なないかサミュエルがやめてくれって頼む彼女はわめく保安官が言うんだよまだ死なないかまだ死なないかそしてわたしにはわかってる彼女が言ってるのはお母さんのことだって

タイトル：霊能探偵
フォーマット：テレビのリアリティー番組
エピソード：混乱の媒介者
放送予定：二〇一八年二月二十三日

屋内：ロレインとマイケルの家の食堂——日中

探偵は、マイケル並びにその妻ロレインとテーブルを挟んで向かい合ってすわっている。

**探偵**　ここで経験した奇妙な出来事について話してください。

**ロレイン**　夜、ベッドにいると、音が聞こえるんです、物が倒されて壊れるような。でも起きて調べると、どこもなんともないんです。

**マイケル**　人間の輪郭が見えるんです、黒っぽい輪郭、影の人間が。はじめは暴力的じゃなかったんですが、最近では、押したり突いたり、説明のつかないひっかき傷ができたり。

屋内：図書館事務室――日中

探偵と調査員がテーブルにすわって書類を調べている。

**探偵**　依頼人の家の歴史をお調べになったんですよね。どんなことがわかりましたか？

**調査員**　これは興味を持たれるんじゃないでしょうか。あそこにもっとも長く住んだのはレイクシティー警察署長なんです。一八八一年生まれで、あの家に一九四〇年代まで住んでいました。

**探偵**　彼についてどんなことをご存じですか？

**調査員**　彼はだいたいにおいてとても人気がありました、だから署長になったのです。ですが一方で腐敗していました。賭博場経営、酒の密造、女に売春させる、そういった類のことで彼の署全体が告発されました。

屋内：ロレインとマイケルの家――夜

家の照明は消され、「霊媒」が撮影用ライトで照らし出される。「カメラマン」は、声は聞こえるが姿は見えない。

**霊媒**　輪郭が見えます。彼はわたしに話しかけていますが、何を言っているのかわかりません。待って。うわあ、人種差別めいたことをいろいろ言ってます。ひどいことを。

**カメラマン**　どんな人に対する人種差別ですか?

**霊媒**　その、あらゆる人についてです。彼はとにかく間違いなく人種差別主義者です。むかつく相手にどんなことをしてきたか、ほかの男たちにどんなことをやらせたか話しています。争いに死、ほんとにひどいことばかりです。

屋内：ロレインとマイケルの家の食堂——日中

探偵と霊媒とマイケルとロレインはダイニングテーブルにすわっている。

**探偵**　お考えを聴かせてください。

**霊媒**　これは、いったいなんなのかはっきりとは言えませんが、影の人間とは呼びたくないですね。どこから来たのかはわかりませんでした、源(みなもと)とかそういったことは。ですがあいつは人種差別主義者ですね。十中八九、お宅にいるのは悪霊です。

**ロレイン**　わたし、感じました。あれがなんであろうと、邪悪だって感じました。あれの輪郭は暗いんです。暗くて黒い。

**霊媒**　そうです、私もそう感じました。とても暗くて、とても黒い。

**探偵**　（ロレインとマイケルに）昨日、調査員と会ったんですが、八十年以上まえにあなた方の家に住んでいた男のことを話してくれました。男は警察署長でしたが、人々に対して悪事をいろいろ働いていて、なかには本当にひどいこともあったんです。

（霊媒に）あなたが見たそいつが、その男と関係しているということはありませんか？

**霊媒**　間違いなく、そうです。あの悪霊、とまあ確信しているわけですが、あれは当時もここにいて、あいつの感化でその警官は悪い決断を下したり、他人を傷つけたりしていたんでしょう。悪霊というのは混乱の媒介者です。人間に悪いことをさせるんです。

（ロレインに）こうなったらこの家を浄化するには悪霊を追い払うしかありません。神父に来てもらって家の外側の悪魔祓(ばら)いをしてもらい、それから祝福してもらわないとなりません。

**探偵**　（霊媒に）そうすればこの方たちは悪の力を永遠に取り除けるのですか？

**霊媒**　（ロレインとマイケルに）はい、その通りです。状況はぐっと良くなるでしょう。

マイケル　それは嬉しいなあ。

患者　３４７１９番
場所：ジョージア州ラウンズ郡バルドスタ
作成年月日：一九五三年十一月二十五日
改訂年月日：一九七二年十月十二日

　わたしは十一だったはず、もしかしたら十二かも。兄の■■に連れられてあそこに着いたときには、あの人たちはもう枝に■■■■■■■■■■■■。女の人は揺れていて、そして■、わたしはまえにもそんなふうに吊るされてる■を見たことはあったけど、女の人は初めてで、■をじっと見たんだけど、兄はもう人混みをかき分けて前のほうへ行こうとしてた。あのときは何もかもが■■■■みたいなにおいだったし、今も何もかもがそうだ。どこもかしこも■■■■で、どうしていまだに夜になると廊下に蠟燭（ろうそく）を灯すのかわからない。やめてって頼んでるのに、いつかみんなぼっ！て火がついちゃうよ、そして炎に包まれたときにわかるんだ。女の人は揺れていて、そして■で、そして■の友だちのひとりが■を女の人の■に近づけて、そしたらぼっ！　あああ、わたしはずっと見てた、うん、どうして、どうして、どうして、どうして、どうして。彼は■で女の人のお腹を■■、わたしはそれが落ちるのを見ただけで泣き声は聞かなかったけどほかの人たちは泣いたって言ってて、みんな■■■■おおおお、でもわたしは有難いことに人だかりのうんと後ろのほうにいたから、見えなかった、神さまありがとう、神さま、神さま。バンバンバンバンバンと何回も■あのときも今もまだ頭のなかでバンバン何回も、でもわたしはやめてやめてやめてって叫ぶ、あああ、わたしたちはバンと撃ってぼっ！　ここじゃそうなんですよねえ、先生？

一八三七年七月二十二日　サバナ

フロリダからの興味深く信頼できる情報

　残念ながら情報に通じた通信員によると、インディアンはまったく信用できず、彼らは移住するつもりなどないとのことである。ミカスキー、タラハシー、タロピーの諸部族、それにブラックインディアンは、本来のセミノール族を移住させるまえに殲滅(せんめつ)せねばならないと考えられている。フロンティアへやってきたインディアンたちが見せている争いを好まない姿勢は、どこでも見られる完璧な備えのおかげだと言われている。もしも攻撃されそうになった場合に反撃するためのみならず、彼らが敵意を示しでもしたら厳しく罰するための備えだ。

　ジェサップ将軍はいかなる状況下においてもインディアンとの交易を禁止するだろうと考えられている。無条件降伏がなされ、かつ彼らの武器が引き渡されるまでは、恐らく食料は一切提供されないだろうし、いかなる交易も許されないであろう。彼らの族長は悪さをするため以外にはなんの影響力もなく、また彼らを信用するのは愚行の極みだとのことだ。

ジョゼフ（一九六四年）

彼女は銃声を聞いて、強盗に襲われたときのためにしまってあった銃を持ってやってきて、夫に手を出すなと彼らに怒鳴った。彼らが従わなかったので、彼女は署長のベイカーを撃ち、ベイカーは彼女に撃ち返した。これが法廷で繰り返された話で、判事は、署長は正当防衛だったと裁定を下した。彼はナンシーを撃って当然だったと彼らは言った、生命の危険があったのだから。そしてジョージは、法の手の届かないところで特定できない者たちによって殺されたのだ、と。

シリア系新聞が雇った私立探偵の調査によると、そうではなく、彼女が先に撃ったのでは決してなかったし、ベイカーではなくもう一人の保安官が彼女を撃ったということだった。そもそも事の原因は、数日前に彼女が署へ行って、約束どおり車の修理代を払ってほしいと署長に言ったことにあり、ごめんこうむる、借りなどあるものか、とっとと帰れと相手は返事したのだそうだ。すると彼女は署長のことを嘘つきと呼んだ。それがシリア系新聞に書いてあったことだった。そのとき、私はああいう新聞を読むのをやめた。確かに彼らはジョージとナンシーの無実を証明しようと頑張ってくれていた。だが彼らがやったことは、先へ進もうとする私たちの足を引っ張ることにしかならなかった。世間が忘れてくれるのを難しくすることにしか。私はその場にいなかったから断言はできないが、彼女はきっとジョージが死んだと思ったのだろう。なぜ彼女が警官に向かって銃の引き金を引いたりしたのか、ほかに理由は考えられない。彼女は店の奥から出てきて、ジョージが地面に倒れていて保安官たちが横に立って見下ろしているのを見て、きっと彼は死んだか死にかけているかだと思ったのだろう。私は心のなかで何度もこの情景を考えてみて、彼女が彼らに発砲したのはこのときだろうと思った。

どちらにしろ、彼女は撃って、署長に当たって、そのとき子供たちがやってきた。彼女は子供たちを奥で隠れさせていたのだが、銃撃の音でサミュエルが出てきて、そのあとからリリーもきて、ナンシーが血を流して、でもまだ生きているのを見た。あのとき彼女が叫ぶのをやめてくれていたらよかったのにと思う。なんでやめなかったんだ？　彼女が来ると私は訊ねる。なんで静かにして状況を落ち着かせることができなかったんだ？　そうしたら、あんたたちは二人とも生きていて、私はこうして暗いところですわって自分の頭のなかの声を相手に話をしたりせずにすんだだろうに。

あたしはサミュエルに、下がって！って言ってたの、あたしはサミュエルを下がらせようとして叫んだ。そしたらあいつらはあたしのこともう四回撃ったの。

## RE:弁護士

メール35件

2002年12月15日土曜日　3:46AM

スティーブン・モレリ〈bama_bubba7@hotmail.com〉

To：ダイアン・モレリ〈dmorelli55@yahoo.com〉

お前がどこまでも俺をないがしろにするってことはわかってるが、子供らはお前の写真を見なくちゃならないんだぞ、お前と、お前がふしだらな真似をしてるやつとの写真をな。書類のインクはまだ乾いてもいないっていうのに、なあダイアン、双方の弁護士費用を誰が払ってるか忘れるなよ。お前が外で神のみぞ知るようなことをやってるときに。どんなことか、今じゃ俺たちにはわかってるがな。あんなやつと撮った写真を掛けとくなんて、どういう母親だ。お前は自分を辱しめてるだけだぞ、あいつはまるで犯罪者みたいじゃないか。あいつを俺の子どもたちに近づけていいと思ってるんなら大間違いだぞ。見せたときのルーカスの顔を、お前に見せたかったよ。サラは幸いなことにまだ小さいから、お前がどんな人間かわかっていない。あの子にわからないことを祈るよ。

証人1――名前の公表を控える（一九六八年）

いや、訊きたいんだがね。警官から逃げてる、警官に殺されてる黒人の男や黒人の女や黒人の子供の苦闘には誰もが心を寄せたがる。ところがそれぞれ問題なく暮らしているとぜんぜんそんなことはない。そうなると俺たちのことなんかたいして気に掛けない、俺たちがこの国のアスファルトに叩きつけられようが、世間を泣かせたり笑わせたりするために俺たちの肌が見世物にされようが。街中に戦車が、俺たちを狙ってパラシュート部隊なんてものが送りこまれたときに、あんたたちは質問したか？ 自分の家のなかに隠れていた小さな女の子たちを殺した狙撃者のことを書いたか？

まあ見てみろ、俺たちが行進したり叫んだり闘ったりするたびに世の中のほかの連中もやってる、自分たちの声をあげている。俺たちが死んだからって誰かが手紙を書くと思うか？ 警官に殺されているのが俺たちだったら、同じ黒人たち以外の誰かが警察に抗議してくれると思うか？ 誰かがここへ、三十年以上もまえに死んだどこかの男やどこかの女の話を聞きにくると思うか？ ふん、今日死んだ人間のことだって訊きゃしない。

まあいい、聞いてくれ。俺はあの夜までに六回ほど勾留され、あのあと十数回勾留されてるがね、あの男の悲鳴、あれはいまでも頭に残ってる。あの男は自分のことを白人だと思ってたかもしれないがね、ふん、一時は実際そうだったのかもしれないが、俺たちと同じように死んだよ、本人はそうと知りさえしないままね。だけど、あの悲鳴はあの男のものですらないのかもしれない、いずれにせよね。なにしろ俺のあたまにはぎっしり詰まり過ぎてて、どれがどれだかわからないんだ。だけど、あの男の悲鳴もそこにいっしょに入ってるのは確かだよ。

## フロリダのセミノール・インディアン

エイミー・ローガン　六年生

一九九九年　中学生の部、受賞者

セミノール・インディアンは一七〇〇年代にアラバマとジョージアからフロリダへ移住しました。当時イギリス人は彼らのことをセミノールではなくクリークスと呼び、ほかの多くの部族との連合体でした。セミノールという名前はスペイン語のシマロンからきていて、これは野蛮な、とか逃亡した、という意味です。一八〇〇年代にほかの南部の州から逃亡した黒人奴隷がセミノール族に加わり、ブラック・セミノールと呼ばれるようになりました。

もっとも重要なセミノール・インディアンのひとりがビリー・ボウレッグズです。インディアン名はハルパター＝ミッコで、これはアリゲーター・チーフという意味でした。彼はセミノール族の族長(チーフ)で、セミノール戦争で部族を率いて政府と戦いました。戦いの合間、セミノールたちはエバーグレイズに隠れていて、ビリー・ボウレッグズは「エバーグレイズの王」と呼ばれました。セミノール族は負け、彼らはオクラホマへ移住しなくてはなりませんでした。さいしょ族長は部族の人々の移住を拒否したのですが、しまいに同意しました。セミノール族のなかには、行きたがらず、かわりにエバーグレイズにとどまる人たちもいました。

セミノール・インディアンはフロリダの歴史で重要な役割をになっています。この州の市や町の多くは今でもマスコギー族の名前を持っています。たとえば、タラハシーやオキーチョビー湖などです。現在私たちが食べている物のなかには、はじめはセミノール・インディアンが植えていた物がたくさんあります。トウモロコシ、豆、スクワッシュ（カボチャなどウリ科の植物）などがそうです。わたしたちの遊びのなかにさえ、綱引きのようにアメリカ先住民からきているものがあります。

## 第一幕

ほの暗いバー、全盛期を数十年過ぎている。舞台左側に入口のドア。舞台右側にはカウンターがある。カウンターの後ろにはバーテンダーが立っていて、グラスを拭いている。彼の後ろの壁にはアリゲーターの頭——口を開けて歯をむき出しにした——がぶら下がっている。ゴム製の作り物だが、どこか本物っぽく、威嚇的だ。壁にはまた、バーで飲んでいる笑顔の白人男のグループやダンスする白人カップルの白黒写真が何枚か飾られている。カウンターの左手にはスツールが幾つかある。バーにいる唯一の客、レオ・コックスは、そのひとつにすわって、ビールを飲み干そうとしている。

**バーテンダー**：おかわりは？

**コックス**：もらうよ。

**バーテンダー**：（樽の注ぎ口からビールをもう一杯注ぎながら）デレクが入隊しようかと考えているのは話しましたっけね？

**コックス**：彼が今？　うん、あいつは、お前の弟は、大柄だからな。あいつが入るのは向こうには好都合だろう。

**バーテンダー**：学校ではずっとレスリングやってたんですよ。

コックス：そうなのか。お前はあんまり興味なさそうだな。
バーテンダー：（首を振る）ぜんぜんなかったです。
コックス：俺は退職してもう十五年になるが、毎日恋しくなるよ。あの制服を着ると気分が良くてな。お前の弟もそうだといいな。
バーテンダー：ともかく、あいつは自分をもっと有効活用できるわけですからね。
コックス：俺の父親は保安官だったんだ。（間）俺の一家は五世代にわたってレイクシティーで暮らしてる、知ってたか？
バーテンダー：（うわのそらで）へえ？
コックス：そうなんだ。俺たちはここを今の姿にする手助けをした。野生動物や野蛮人や、（笑いながら）ヤンキーを一掃して。あのいまいましい低湿地の水抜きまでやったんだ。きれいにして、築き上げた。
バーテンダー：今ここで起ころうとしてることときたら、嫌になりますよ。
コックス：ああ、あんなこと気にするな。世の中が変わっていくってみんないつも言うけどな、俺には変化なんかぜんぜん見当たらないぞ。
バーテンダー：デレクは、状況は良くなるまえに悪くなるだろうって言ってます。
コックス：うん、あいつはあいつの務めを果たせばいい。俺たちがやらせてやらなきゃ、誰にも何も変えられない、あいつにそう言っといてくれ。
バーテンダー：言っときます。
コックス：この市の歴史は長いけどな、ここでただ一つ変わったのは名前だけだ。
バーテンダー：そうなんですか？

**コックス**：そうとも。ここは一八五九年まではレイクシティーという名前じゃなかった。それまではアリゲーターと呼ばれてたんだ。
**バーテンダー**：（背後のアリゲーターの頭をちらと見る）
**コックス**：名前が変わったのは、新しい市長の奥さんが、アリゲーターなんて名前のところで自分のレースのカーテンを掛けるのはお断りだって言ったからだ。
**バーテンダー**：（首を振りながら）あれまあ。
**コックス**：（高らかに大笑いしながら）これにはいつも笑わされる。俺たちはちゃんと名前を変え、奥さんはきれいなレースのカーテンを掛けたけど、だからってアリゲーターどもがいなくなったわけじゃない、そうじゃないか？
**バーテンダー**：（笑いながら）ですよね、いなくなってませんよね。

インタビューを受ける人：ベティー・メイ・ジャンパー
インタビューアー：R・ハワード
日付：一九九九年六月二十八日

**H**：セミノール戦争について、彼はあなたにどんなことを話したんですか？
**J**：彼らは大勢の子供たちによって殺されたんだと言いました。殺されないために、彼らは逃げて隠れなくてはならなかったんです。それから、勇士たちが、オセオラに率いられて戦い、どんどん追われてしまいにここまで来ました、フロリダ州の端まで。そして湿地帯へ行ったので、兵士たちは来られなくて――兵士たちは蛇とかアリゲーターとかいったものが怖かったんです。それでセミノールは生き延びました。たぶんたったの二百五十人くらいだったんでしょうが――フロリダで生き延びたんです。それが彼から聞いた話です。

H：あなたのお書きになったものを幾つか読んだんですが、混血だったことをお書きになっていて。お父さんは白人でお母さんはインディアンで、そのせいでちょっと危険にさらされたと。

J：フロリダでは混血児は純血のセミノールに混じることが許されなかったんです。それで多くが殺されました――混血児が。

H：あなたの受けた教育について話していただけますか？ たとえば、どんな学校に通ったんですか？

J：わたしは学校に行きたかったんですが、入れてもらえなかったんです、わたしは白人でもカラード（有色人種、黒人を指す場合も）でもなかったので。それで、両方のグループともわたしを受け入れてはくれませんでした。母といっしょに農場で働いていたカラードの女の人が、うちの娘といっしょに通えばいい、娘が面倒みるから、そうすれば学校へ行けるでしょ、と母に言ってくれたんです。で、母は「いいですね」って答えました。ところが、校長がカラードの男性で、その人が言ったんです。「彼女はカラードじゃない。この学校へは通えません。黒人じゃないんだから」

カリーン（一九九一年）

アラバマへ移ると、わたしたちは違ってしまったような気がした。違った人間になったみたいな。わたしたちは普通の教会へ行くようになった。礼拝は英語だけ。ジョゼフおじさんとマリアムおばさんはアラビア語を話すのをやめた。完全にではなく、わたしたちに対してだけ。わたしたちが聞いていないと思ったときは二人でアラビア語をしゃべっていた。アラビア語をすっかり忘れてしまったことが自分にとって悲しいのかどうか、わたしにはわからない。忘れてなかったらどんな違いがあっただろう？　それでもやっぱりわたしたちはじゅうぶん違って見えていた、そういうことはあった。一、二年そんなことは考えずに過ごしていたら、学校で誰かから訊かれた。どうしてわたしの腕には毛が生えているのか、どうして日に当たると黒くなるのか。ほんとにカラードの血筋の出じゃないの？　わたしは何年も腕の毛を、顔の産毛を脱色していた。今では年をとって、どっちみち産毛なんてほとんど生えてこない。

ニックに求婚されたとき、わたしはもちろん承諾した。人生の先へと進みたかったたし、今では毎晩よみがえるあいう思いを払いのけたかった。さいしょの息子が生まれると、ジョゼフおじさんとマリアムおばさんは、本物のアメリカ人みたいに見えると言った。確かにそうだった、あの子のダディと同じ金髪で、肌はクリームみたいで、雑誌の広告に出ている赤ちゃんみたいなクリーム色とバラ色の頰で。そのあとしばらくは、確かに状況は良くなった。わたしはニックの世話で忙しく、それから子供がつぎつぎできて、すわって考えたりする時間がぜんぜんなくなり、それでなんの問題もなかった。

ザ・シリアン・ワールド
第二巻八号　一九二八年二月

合衆国におけるシリア人帰化問題
我が国の帰化法の法的側面

合衆国在住のシリア人に持ち上がっていたきわめて重要な問題が、どうやらついに決着を見たようだ。我が国の帰化法の規定及びそれをシリア人に適用できるかどうかについて議論が重ねられた。とりわけ、改訂法二一六九条、合衆国法典第八編三五九九条であるが、そこには過去においても現在も、帰化法の規定は「自由白人である外国人、アフリカ生まれの外国人、およびアフリカ系の人間に適用されるものとす」とある。

それ以外はすべて帰化の、したがって市民権取得の特権から排除されている。

シリア人に関する限り、市民権を取得できるという特権にふさわしい部類に属すると、法的に決定されたのである。

この問題を論じる幾つかの事例および問題に決着をつけた決定について、できるだけ簡潔にまとめたレポートが作成される予定である。

スティーブン・〝ババ〟・モレリ（二〇〇三年）

なんたるこった、ババ。こんなことでどうする。弾はそれてなかったはずだぞ。ほら、木に血がついてる。いやそれじゃない。地面だ。うん。それからそこにも。じゅうぶんじゃないな。肺とか心臓じゃない。くそ。そこにももう一滴。よし。

ほらあいつだ、あいつの白い毛だ。

いや、あいつじゃない。

白すぎる、明るすぎる。

「おーい?」

ありゃいったいなんだったんだ。ほらまたあそこに。

肝を冷やすじゃないか。この手め。震えやがって、怯えてるだけのことだ。震えるようになってどのくらいだ。何年もかな。ならなんなんだ。結局は死んで動かなくなっちまうんだ。くそ、今はそんなこと考えるな。集中しろ。

あの白いのか? いや。

「おーい?」

誰かほかのやつだ。俺の雄鹿を追ってる。そうらしい。目にもの見せてやる。ほら。二人いる。

「おいおい、ちょっと!」

だめだ。素早すぎる。人間には見えないな。

うわあ。

エバーグレイズのロマン
フロリダ州エバーグレイズの開拓が最近議会で議題に上っている。さらに、その件については農政部にとって深刻な問題となりそうなものがある。

エバーグレイズの闇とロマンのすべてが、この地域を牙城としていたセミノール族との長い戦いの終わりとともに消え去ったわけではなかった。今日湿地帯の奥には半分野生人のような人々が住み、いまだ頻繁な悲劇がかの地を特徴づけている。夥しい数の狩猟対象動物がなおもジャングルのなかにハンターからの隠れ家を見出し、少なくとも二種類の鳥、カロライナインコとハジロキツツキが、合衆国の他の地域では絶滅しているにもかかわらず、この地では絶滅せずに種を継続できている。

オセオラの果敢な抵抗

エバーグレイズの古い時代の悲劇は、暗くはあるが非常に興味深いものである。セミノール族のオセオラが、この土地を放棄するという白人と結んだ取り決めに署名するよう求められて、ナイフを引き抜くや譲渡の書類に突き刺し、「これが私の署名だ」と言ったのは、ジャングル地帯の端だった。

アメリカ・インディアンになるには赤い血が一滴だけあればいい、と言われてきた。エバーグレイズはかつてこの言葉を立証するものだったのだ。

ジョゼフ（一九六四年）

あの二人が眠らせてくれたらいいのだが。神よ、お守りください。何年もまえに初めてやってきたときと同じようにやってくる。彼女は胸に開いた幾つかの穴のまわりの皮膚(ひふ)を炭みたいに黒くして、彼はハチの巣状にされてズタズタで、射撃の紙の的（まと）みたいだ。ああマリアム、私を可哀そうだと思ってくれよ。

あのことはしゃべっちゃいけない。知りたがるやつは誰も信用するな、と子供たちに言うと、マリアムは、だめよ、ジョゼフ、と言ったのだが、私は聞かなかった。私は彼女に納得させた。彼女はあのジョージの息子のことも心配していた。あのころいろんな話を聞いた。暴徒が州境を越えて家族を追ってきて、黙らせようとする、と。私はあの子が心配だったし、女の子たちのことも、バーミンガムの誰かがあの件を耳にするんじゃないかと心配だった。ジョージはすでに一度バルドスタで面倒なことになっていた。あのころは屋台で果物を売ってて、妻と四人の子供を食わせるだけの稼ぎになるようなものじゃなかったが、なんとかちゃんとやっていた。ところがそれほど経たないうちに彼はギャンブルで摘発された、パンチボードみたいなのの胴元をやってるとかで。あのとき司法の手を感じたものの、彼はそれでも怖がらなかった。怖がるべきだったんだ。俺はアメリカ人だ、と彼は言った、もう十年以上も、と。彼はそれを誇りに思っていて、面倒な状況になったとしてもそれが効くはずだ、と言った。私も同意した。クランの連中はそうは思わなかった。

あんた　あの子たちに忘れさせたねジョゼフそして
あの子たち　　　いうことをきいた

あの子たちを守ろうとしたんだ。
神がご存じだ、私が
自分にできることをしたって。

わたしに話しかけてくれないと
あの子たちが見えないの

ジョージは学ぶべきだったんだ
あのクランの連中が
あいつらがあんたたちを叩きのめしたときに
あのギャンブルのことでジョージを。

いや　いやああああああ　サミュエル　カリーン
リリー　アデル

あんたが黙っていたら。
撃たれたときに
あんたが黙ってさえいたなら

議会へのメッセージ――アンドリュー・ジャクソン大統領

ほぼ三十年近くかけて着実に進めてきた、インディアンを白人の開拓地から遠いところへ移住させることについての政府の思いやり政策がめでたく成就に近づいていると議会で公表できるのは、私の喜びであります。

移住を速やかに進めることは、合衆国にとっても、各州にとっても、そしてインディアン自身にとっても重要なことであります。

これによってインディアンは、白人の開拓地と直に接触することがなくなります、合衆国の権力から自由になれます、自分たちのやり方で、自分たちの未開な制度のもとで幸福を追求することができるようになります、そして、彼らの人数を減らしている衰退の進行を遅らせ、政府の保護と良き助言者たちの影響力を通じて、しだいに野蛮な習慣を捨て、文明化した興味深いクリスチャンの共同体をつくることができるかもしれません。

市や町や豊かな農場が散在し、芸術や産業の作りだすあらゆる進歩に彩られ、千二百万人以上もの幸福な人々が暮らし、自由と文明と宗教のあらゆる恵みに満たされた我々のこの広大な共和国よりも、森林におおわれて数千人の野蛮人が分布する国のほうを好むまっとうな人間など、はたしているでしょうか？

一八三〇年十二月六日

## 書類番号：263

### 分類に基づく、第５回人口調査による合衆国人口の要約

| | | | | |
|---|---|---|---|---|
| 合衆国及び準州の全人口 | | | | 12,858,670 |
| 以下のように分類： | | | | |
| 自由人—白人男性 | 5,367,102 | | | |
| 同上女性 | 5,172,942 | | | |
| 白人合計 | | 10,530,044 | | |
| 有色人男性 | 153,443 | | | |
| 同上　女性 | 166,133 | | | |
| 自由有色人合計 | | 319,576 | | |
| 自由人合計 | | | 10,849,620 | |
| 奴隷—男性 | 1,012,822 | | | |
| 女性 | 996,228 | | | |
| 奴隷合計 | | | 2,009,050 | |
| 上記による合衆国総合計 | | | | 12,858,670 |

## 証人2――名前の公表を控える（一九三九年）

あの死んだ男と奥さんのことをこの年月よく考えた、なんてふりをするつもりはない。何か考えたとしたら、自分の父親のことを思ってはあの男の子供たちが気の毒になったぐらいだな。俺みたいに父親なしで育つのか、とね。

父親は俺が五歳のときに死んだ。俺がわかるようになるまえのことだ、父親みたいな男でいるのがどういうことか、黒人ででかくて背が高いってのがな。うちの家の入口をくぐるのに体を曲げなくちゃならなかった。胸幅が広くて俺の腕の長さくらいあって、谷みたいな低い声だった。父親がやってくるのを見るとみんな脇へどいた。白人たちでさえ。俺はそれが好きだった。安心できたんだ。父親は背が高くて強くて、だから父親やうちの家族に危害を加えられるものなんかないと思ってた。父親は一日じゅう働いて、オレンジとかグレープフルーツとか、そのときもいでるもののにおいをさせて帰ってきた。母親は父親の肩を揉んで、父親は母親を笑わせて、そして俺たちの目の前で二人とも寝てしまう、それほど疲れてたんだ。

父親の棺を運ぶのは十人がかりで、母親は横について歩きながら泣かなかった。朝の雨でまだ濡れている地面のなかに降ろすときでさえ、母親の顔は乾いていた。母親のことを強いとか冷たいとか思ってたけど、今ではもっとよくわかる。母親と二人きりで家にいたとき、話してくれたんだ。その言葉を聞いたとたん、俺は泣きだした。母親の顔を見た俺はいっそう動揺した。見てられなかった。惨（みじ）めなんだけどほっとした顔だった、持ってることは許されないんだってわかってたものをやっと失くした、みたいな。

## お悔やみ申し上げます

メール1件

2002年5月8日火曜日　11:17AM

ダイアン・モレリ〈dmorelli55@yahoo.com〉

To:スティーブン・モレリ〈bama_bubba7@hotmail.com〉

スティーブン――子供たちからカリーンおばさんが亡くなられたことを聞いて、お悔やみを言いたくて。晩年はいろいろ大変だったのは知っていますが、わたしの記憶にはいまだに昔のままのおばさんがいます。タフな女性でしたが、優しくて、それにあなたとマーカスをとても可愛がってましたよね。わたしにとっては義理の母みたいな存在で、わたしにはいつも良くしてくださいました。

ルーカスがお腹にいたときのことを思い出します。そのあとずっと心に残るようなことを聞かされたんです。おばさんはあのいつもの不安そうな様子でした。あなたのお母さまが亡くなったばかりで、カリーンは、アデルのためには嬉しいって言ったんです。何年も治療を受けたあげく、アデルが安らかに眠れるようになったのが嬉しいという意味かと思いました。それから聞かされたんです、お葬式のときに家族全員がそこにいるのが見えたって。両親もきょうだいも、死んでしまった人たちが全員、あなたのお母さまを待ってたって。驚きはしたけれど、そこまででもなかった、ほら、うちの母もあの年になると似たようなことをわたしに言ってたから。どんな気がしたかカリーンに訊いたら、アデルのために嬉しかったって答えて、その話はそれっきりだったんだけど、きょうだいのなかで自分がひとり最後に残ったのが寂しかったのかもしれないって気がしました。おばさんはすぐに元気を取り戻していたけれど、あなたに話しておいたほうがいいかと思って。おばさんは今家族といっしょにいるんだという気がします。旅立つ心の準備はできていたんだっていう気が。

――ダイアン

スティーブン・〝ババ〟・モレリ（二〇〇三年）

「ぎょっとさせられたよ。幽霊を見てるのかと思った」俺の笑い声は変だ。あいつら気づいたかな。いや。男は気づいてない、女のほうは、たぶん。幅広の顔で、茶色だ。低くしゃがみこんで、二人のあいだにはあの鹿が。かなりでかい。血がたくさん流れてる、いくらあのでかさにしてもなあ。きっと心臓を貫いたんだ。銃声は聞こえなかった。だよな。「写真撮ろうか？」

「いや」

なんであの女はあんな顔で俺を見るんだ？　でかい雄鹿だ。あの葉っぱのなかから持ち上げるのは大変だろう。あの女がいても。「あんたら助けが要るんじゃないか。俺も一頭追いかけてるんだが、そいつはまだもうしばらくかかるだろうから」

「ああ、そうだな」

女よりは礼儀正しい。女は唸ったのか？　俺の顔を見ようとしない。べつにあんたらを手伝う必要はないんだぞ。「俺はいいナイフを持ってるぜ」俺を見てる。撃ったんだ、ぜったいそうだ。聞こえたはずなのに。俺はどこにいたんだろう？　ほら。あの女の目は好きになれない。変だ。俺を見てる、俺の手を。震えてやがる。

「あたしも持ってる。あんたはほかの脚を持ってて。あたしが切るから」

頑固だな。「俺はこのくらいの大きさのを一ダースほど外で切り分けたことがあるんだ。汚れるぞ」

「自分たちでできるから」

あの女どうしたっていうんだ？　感謝の気持ちがない。行っちまおうか。わからせてやればいいんだ。でかい雄鹿だ。だがこれほど重いとは思わなかった。二百ポンドか、もっとあるかな。心臓を撃ちぬかれてる。訊いてみよう。「何を使ったんだ？」男が顎でしゃくってるのはなんだ。サイドロック？　いや。ハンマー・ライフルだ。聞こえたはずだけどな。ぜったい。傷は小さいし、あの手の銃創よりきれいだ。「血がもっと出てしまうまえにさっさとやったほうがいいぞ」

「だいじょうぶ」

　またあの顔だ。たいした女だ。下から上へ、今度はもっと深く。自分がやってることをわかってるな、この女。奇妙だ。流れが安定しているな、あの血。だけど肉には触れない。わかってるな。それに力がある。刃を鋭く滑らせる。一息で全体がばたんと地面に倒れる。男みたいに力がある。ハンマー・ライフル。違うサイズの。でかい雄鹿。俺のはきっと二百ポンドかもっとあっただろう。

「俺は朝からずっとここにいるんだ。あんたたちの姿をまるで見かけず、物音も聞こえなかったのは妙だな」

「俺たちは昨日の夜に始めたんだ」

　男のほうは問題ない。あの女はなんでニヤついてるんだ？　なにをニヤニヤしてるんだ？

HARPER'S WEEKLY.
A JOURNAL OF CIVILIZATION

Vol. II.—No. 76.] NEW YORK, SATURDAY, JUNE 12, 1858. [Price Five Cents.

ハーパーズ・ウィークリー

ジャーナル・オブ・シヴィライゼイション

ニューヨーク、一八五八年六月十二日（土）

ビリー・ボウレッグズ——インディアン名ハルパター-ミッコ——は、なかなか風采の良い五十歳くらいのインディアンである。立派な額に鋭く黒い目。中くらいよりちょっと高めの背丈で、体重はおよそ百六十ポンド（約七十三キログラム）。「ボウレッグズ」という彼の名前は一家の呼称であって、両脚が括弧のように湾曲していることを意味しているわけではない。素面のときは、残念ながらこれはけっして彼の常態ではないのだが、彼の脚はあなたや私と同じくまっすぐなのである。彼には妻が二人と息子が一人、娘が五人いて、五十人の奴隷と十万ドルの現金を所有している。まとっているのは民族衣装、胸の二つのメダルは彼が大いに誇りとしているものだが、ヴァン・ビューレン大統領やフィルモア大統領のものと似ている。

ビリーの若い妻は、私が知り得た限りでは名前がないのだが、物静かで控えめなインディアン女で、顔立ちは彼女の粋な男兄弟ロング・ジャックに驚くほど似ている。私は自分のコレクションにビリーの「古女房」とその娘たち、とりわけ姉娘の「レディ・エリザベス・ボウレッグズ」、あの十八歳の見栄えのいい小娘の肖像画を加えたいものだと思っていた。だが、彼らは「自分たちの殻に閉じこもって」いて、私にしろほかの誰かにしろ、かかわりを持つことを断固拒否した。

ベン・ブルーノは通訳であり相談役であり親友でありキング・ビリーの特別なお気に入りなのだが、立派な、知的な風貌の黒人だ。主人と異なり、彼は文明生活を好んでいることをはっきり示し、既製服の店を早い時期に訪れたことで、たちまち「白人みたいな黒人」の目覚ましい物まねへと変身したのである。彼はビリーやその部族全員よりも頭が良く、主人に対して限りないと言っていい影響力を行使している。黒人奴隷たちは、じつのところ、自分たちのほうが知的に劣っていることをじゅうぶん自覚しているらしい彼らの赤い所有者の主人なのだ。セミノール族が自分たちは抜け目がないのだぞと宣いたいと思ったら、こんなふうに言うだろう、「ああ、お前に俺はだませない。俺には本物の黒人の知恵があるからな」。黒人たちはフロリダ戦争において、直接的要因であると同時に戦意を牽引する存在でもあった。主人たちがアーカンソーに移住するならついていかない、とあからさまに拒否した。そして彼らが降伏してはじめて、セミノール族は移住することを考えたのだった。

コロンビア郡
刑事地方裁判所

21 **―直接尋問―オマリー氏による**
22 Q：記録のために名前を教えてください。
23 A：ジョン・F・ベイカー署長です。
24 Q：ベイカー署長、一九二九年五月十五日の午後に何が起こったか証言していただけますか？
25 A：コックス保安官代理と私はロミーの食料雑貨店へ出かけました。歩道にゴミを出しっぱなしにしているという苦情を受けてのことです。またしても、と付け加えるべきですね。
26 Q：すると、これが初めてではなかったのですね？
27 A：そうなんです、彼らは何度かやってましてね。商品とかゴミを歩道に置きっぱなしにするんです。
28 Q：歩道にあったのはゴミでしたか、商品でしたか？
29 A：彼らがゴミとか商品をどこに置こうが知ったこっちゃありませんよ。ですが、私はこの町の人々のために働いていて、苦情の調査をするのは私の仕事です。ロミーは一度ならず商品だかなんだか知りませんが、歩道に置きっぱなしにしていたんです、まるで好きなようにしていい個人の土地みたいにね。
30 Q：で、あなたとコックス保安官代理が店に到着したとき、何が起こったのですか？
31 A：ロミーか息子と話がしたいと言うと、彼の妻がすぐさま二人ともいないと答え、その上、私たちが話さなくてはならないことを聞く気などないと言ったんです。
32 Q：そして、あなたとコックス保安官代理はそんな反抗的態度にどう反応したのですか？
33 A：いや、こちらがどうこうする暇もないうちに彼女は私個人を脅かしました。日曜になるま
えに殺してやると。
34 Q：そしてつぎに何が起こったのですか？
35 A：私はまえにも彼女に対応したことがあり、まともなご婦人でないことを知っていました。
まあ頑固なラバですな、木箱を持ち上げたり自分で壊したりして働いて。普通じゃなかっ
たですよ。ですが、さっきも言いましたし、また言いますが、それは私にはどうでもいい
ことでした。私は彼女に商品を歩道から取り除いてくれと言いました。すると彼女は私を
脅しはじめ、連行するしかなくなったんです。
36 Q：あなたかコックス保安官代理が彼女を逮捕したのですか？
37 A：私がしました。ですが彼女が騒ぎ立てて、あちこちの店から、なんで彼女がわめいている
のか見に人が出てきたので、彼女を放しました。そのとき、彼女の頭はまともじゃないと
思ったんです、司法に対してあんなふうにわめきたてるなんてね。それでその日はもうそ
れ以上彼女とかかわりあう気にはなれませんでした。
38 Q：ありがとうございます、署長、今度は、一九二九年五月十六日の午前中に何が起こったか
証言していただけますか？
39 A：ええっと、彼女の夫から電話がかかってきて――
40 Q：ジョージ・ロミー？
41 A：はい、ロミーです。署に彼から電話がかかってきたので、事を解決するためにまたあそこ

へ出向きました。

42 Q：電話をかけてきたとき、ロミーは何を言ったのですか？

43 A：私たちの訪問について、彼女がどんなでっちあげ話を夫に聴かせたのかは知りません。私たちが放してやったのだから、喜んで当然だったはずです。ところが代わりにあれこれまくしたて、彼は愚かにも彼女を黙らせもしなかったんです。あの夫婦はとにかく変でした。

44 Q：どうか証言していただけますか、ロミーは電話で、具体的には何を話したんですか？

45 A：彼は司法当局へ電話を寄越して、司法当局を脅かしたんだ、ここにいる誰もそんなこと受け入れたりしないだろう、ジム。

46 Q：彼と直接話したのはあなたですか？

47 A：いや、コックス保安官代理だ、だけどそれがなんだって言うんだ？　我々は精一杯あの夫婦を説得しようとしたんだ。事態を自分たちにとって悪いほうへもっていこうと決めたのは彼らだぞ。ほかのみんなと同じようにちゃんと指示に従っていれば、あの夫婦はまだここで息をしていただろうよ。

ジョゼフ（一九六四年）

リリーがどこにいるかは知らないんだ、と私は彼女に言う、でも彼女は聞こうとしない。リリー、リリー、リリー、と二人は繰り返す。頼むから眠らせてくれ。リリーは？　ジョージは私のベッドの端にすわって泣く。あの子がどこにいるのか知らないんだ。出て行った。私のところへ来るみたいにしてあの子を見つけろよ。私はあの子を守った、あの子たちみんなを。できることはやった。

あんたたちの息子は三日間帰してもらえなかった。生まれてからいちばん長い三日間だった。毎日出かけて帰してもらおうとしたけれど、留置しているのはあの子を守るためだと向こうは繰り返した。あの子に危害が加えられるんじゃないかと心配したよ、あんたにやったみたいにほかの連中にあの子を連れていかせるんじゃないかって。何通も手紙を出したり弁護士を頼んだりしてようやくあの子を自由にしてもらえたんだ。そして、あの子が帰されると、私たちは荷造りしてあの呪われた土地と縁を切ったんだよ。

　泣くのをやめてくれ。ああ神よ、お助けください。

　いや、いや。確かにあんたたちの名前は口にしなかったよ。ザーレとかレバノンとかそういったことは一切口にするな、とマリアムに言った。サミュエルだけが覚えてるみたいで、いつか行ってみると言ってた。私は、やめとけ、お前たちは前へ進まなくちゃならないんだ、と言った。お前の両親だって前へ進んでもらいたいと思ってるだろうとね。あの子たちの誰もあの国に目を向けることはなかった。あんたたちがなんと言おうと、結局それでよかったんだよ。

　私はあんたのお母さんにお金を送ったよ、ジョージ。ナンシーの家族には子供たちの写真を送った。それにあの子たちの髪の房も。自分が心得ていることをやった。自分で行くことはできなかった。駄目だった。行こうとはしてみたんだけど、なんでかな。顔を見せろよ、ジョゼフ、と自分に言ったよ。帰省してジョージのお母さんやお父さんやナンシーの両親と顔を合わせろ、ってね。だけどできなかった。定期便のチケットを買ったけど、買ったより安い値段で売ってしまった。二度と買わなかった。

　許してくれ。

（承前）

黒人勾留者たちは沈黙

ダグラス保安官によると、暴徒は独房の鍵と鉄格子をこじ開けてロミーを連れ出した。当時留置されていた二人の黒人は暴徒についてなんの情報も提供できなかった。警察当局によると、二人は酔っていて、おそらく暴徒がやってきたことに気づかなかったのだろうとのことである。

# FINAL DEGREE FILED IN EVERGLADE CASES LAND TO BE DRAINED

## HALF MILLION DOLLARS IS TO BE DISBURSED BY ORDER OF COURT

**Another Chapter Written in Cases of Plantation and Miami Everglade Land Companies**

# MR. BRYAN BUYS 10 MORE ACRES EVERGLADE LAND, WILL GROW GARDEN SASS HE TELLS FORMER OWNER

**Commoner Secures Title to Tract on South Fork of Miami River Near the City**

## INTENDED TO BUY ACRE BUT WANTS STILL MORE

# NEW VAN LINE BOAT TO COMPETE WITH R. R. ON TIME SCHEDULE

**Company Operating Service Between Miami and Jacksonville Builds New Steamer**

## NEW STEAMER BE BUILT SO AS TO CROSS THE BAR

# COSTLY HOMES BEING BUILT HIGHLEYMAN POINT ON BAY

**Several Residences Costing in the Neighborhood of $[illegible] Each Nearing Completion**

## MORE MATERIAL COMES FOR FEDERAL BUILDING

スティーブン・〝ババ〟・モレリ（二〇〇三年）

でかいやつだ。三人がかりでも重い。ものすごくたっぷりありそうだな。いや。にしてもその一発、聞こえてたはずだ。聞こえないはずがない。

「運ぶのを手伝ってくれてありがとう。もうトラックまでそんなにないから」

「ああ、いいんだ」あんたはどうなんだ。一度も礼を言おうとしないんだからな。少なくとも男のほうは多少はまともだ。「ところであんたたち、どこから来たんだ？」

「ここだよ。あんたは？」

あの女、どうしたっていうんだ？　なんて態度だ。手を離して立ち去ったっていいんだぞ。銃声が聞こえたはずなのにな。「バーミンガムだ。だけどうちの一族はこのあたり出身なんだ、ずっとまえは」またあのニヤニヤ笑いだ。あの女はどっかおかしいのかもな。この手め、今はやめてくれよ。ちょっと休みたいな。「ここへ来るときは、普通はジョージア側に腰をすえるんだ、オケフェノキーでキャンプして」

「あっちはどうだ？」

変な話し方だな、この男。そもそもあんまり普通じゃないし。妙な連中だ。「悪くない。アリゲーターがたくさんいる。自分のやってることをわかってないとならん」あの女、俺のこと笑ってるのか？　いまいましいアマめ。「そのライフルは消音装置があるのか？」

「ええ？」

聞こえなかったふりするなよ。俺のあの雄鹿、それに運ぶの手伝ってやってるんだぞ。

「おい、防水シートが！」

地べたに落ちて土がついてる。

「あんた、どうかしたのか?」

くそ。くそ。「この手なんだ。くそ。すまん」二人はあたふたと土を払い落とし、またシートに乗せようと雄鹿を転がす。「すまなかった。俺がするよ」

「もうじゅうぶんやってもらったよ。いいから。俺たちでやれるから」

男が女とならぶ。まるで、何だ? おいおい、この男、俺に喧嘩売る気か? 「拭けばいいさ。それほど汚れちゃいない。あの女の顔。男の顔はもっとひどい。「手伝おうとしてるだけだよ」

「だけど、誰もそんなこと頼んでないぞ」

またあの顔だ。くそアマ。いまいましい手。あいつら俺を立ち去らせたいんだ。そのまえに。「銃声すら聞いてないんだけどな」雄鹿はあとちょっとで防水シートに戻せる、あの男にやらせておこう。「俺はそのサイズの雄鹿を追いかけてたんだ、うまい具合に一発撃ち込んで、ちょうど倒れてるはずのところであんたたちと出会った」あいつらの顔ときたら、こっちがそうみたいじゃないか。あいつらじゃないか、盗人は。えらくおかしな連中だ、どっから来たのかわかったもんじゃない。「だけどそいつはあんたたちにくれてやるよ。苦労したんだぞ、一晩じゅう追いかけて、待ち構えて、それをあんたたちにさっと横取りされっちまうってわけだ」

振り返るなよ。歩き続けるんだ、そのまま行け。くそ。盗人どもめ。

ブラック・セミノール(二〇一九年)

我々がどうやって死を免れたか知っていますか? 主人と名乗る連中をときおり殺して、生き延びてきたのです。我々はカロライナやジョージアその他、我々が台帳に記載されていた場所から、我々の動きが計算書に数字で記帳されていた場所からやってきました。我々はどんどん南へ行きました。海に出会わないかぎり、スペイン人たちがその土地の権利を主張しているかぎり。スペイン人に対しては、我々はカトリック教徒になり、彼らの言葉を覚えたのです。のちには、土地のために戦っている男たちのあいだで役に立てるよう、ヤマシー語やクリーク語やそのほかの言葉をしゃべるようになりました。我々は新しい名前になって、指導者になりました。沼があったところに村を作りました。さまざまなインディアン部族と取り決めを交わしました。ときには彼らを裏切り、白人たちのために捕らえました。白人たちは、ああいう野蛮な連中よりも我々のほうが上だ、文明的だと言いました。インディアンたちに奴隷にされることもありました。狩りたてられて、我々の体に金を払う白人たちのところへ戻されたりすることも。我々は彼らの男や女と結婚しました。子供を作り、その子供たちがあなたのいる現在まで生き延びています。我々は彼らとともに戦いました。白人の将軍たちを打ち負かしたインディアンたちと集落をつくりました。戦争や奴隷狩りを生き延び、我々の解放を宣言し、アメリカと名付けた雄馬に乗ってこの土地で我々を率いたジョン・ホースを信奉しました。これがあなたたちの思い描く我々でしょうか？

カリーン（一九九一年）

ああ、母は誰も恐れなかった。自分の思っていることをはっきりと口にし、立ち位置がどこなのかいつもちゃんとわかっていた。父も同じだった。父はよく母の決めたことに疑問を持ち、果物は店の、魚から離れたところに置いたほうがよかったんじゃないか、とか、なんでサミュエルにまた棚を動かすように頼んだんだ、とか訊いていた。答えようと思ったときには、母は穏やかに返事して説明した。そうでないときは、大きな声できっぱりと、ちゃんと理由があってそうしているのだと言い、それでじゅうぶんなのだった。そう、二人のあいだではそんなふうに事が運び、気楽なものだった。

二人ともほとんどの日は店に出ていたので、わたしたち子供は自分のことはちゃんと自分でやっていた。裏の家で暮らしていたから、両親は仕事しながらたやすくわたしたちの様子に目配りすることができた。母が様子を見にきたときは、頼むとそのままいてくれて、バターと砂糖のサンドイッチを作ってくれた。リリーはそれが大好物だった。わたしがリリーやサミュエルがやった悪いことを話すと、母をもっと引き留めておくこともできた。それとか、母に髪を編んでもらったりして。自分ではどうもうまくできなかったので。たぶん覚えようとしなかったんだろうと思う、母の手で触れられて、もつれを梳(くしけず)ってもらって、頭皮に油をすりこんで巻き毛を落ち着かせてもらうのが好きだったからだ。

退屈すると、わたしたちは店の裏のドアからなかに首をつっこんで、忙しくなさそうだとしばらく店にいさせてもらって、飴玉(あめだま)を食べたりした。店は朝と夕方まえがいちばん忙しかった。そういうときは入れてもらえなかったが、サミュエルは店の仕事を手伝わせてくれと両親に頼みこみ、となるとアデルも行かなくちゃならなかった。リリーもわたしもまだそんな小さい子の面倒を見られる歳ではない、と父が言ったのだ。母も同意し、両親はアデルを交替でみながら、棚に物を並べたり客の応対をしたりした。

両親が死んだとき、わたしはアデルのことがものすごく心配で、リリーのことを考えてやらなくちゃ、とは思わなかった。わたしのほうが年上だったけれど、わたしたちの歳の差はたったの二歳で、リリーにしてやれることはたいしてないような気でいたんだと思う。アデルはうんと小さかった。あの子を守るのが自分にできることなのだという気がした。リリーはわたしを怖がらせた。リリーが癇癪を起こしたりわめいたりジョゼフおじさんやマリアムおばさんに喧嘩を吹っ掛けたりするからではない。そんなことはなんとかできた。わたしが怖かったのはリリーが黙りこくったときだった。なんの前触れもなく目が空っぽになり、そうなるとそこには何も映らなくなる。そうなると、リリーの顔を見られなくなるのだ。

コロラド州ブルックスで暴徒が女性をリンチに
ジョージア州バルドスタ、五月十九日――ヘイズ・ターナーの妻メアリ・ターナーは今日午後、バルドスタの北およそ十六マイルの小川にかかるフォルサム橋で縛り首にされた。ヘイズ・ターナーは、昨夜ブルックス郡のオカピルコ川で縛り首にされた。彼の妻は、今日、夫の処刑について思慮の足りないことを言ったとされ、腹を立てた人々が彼女の発言にも態度にも不服を唱え、夜になるのを待たずに彼女を川へ連れていって縛り首にし、体を銃弾で穴だらけにしたとのことである。

アデル（一九九〇年）
死んでるママあなたは死んでるわたしもすぐに早すぎるってみんな言ったけどいいえわたしは年寄

りあなたは若かったあっちで会えるってカリーンは言うかわいそうなカリーンひとりでわたしたちみんなの母親になってくれたサミュエルのことまで老いた目で死ぬのを待ちながらわたしは怖い怖い怖い死ぬのがじゃなくてただ向こうでみんなに会えないんじゃないかともしかして向こうなんてないのかもどこなのカリーンとわたしは訊くあなたはどこへ行くのおまえたちを置いていくのはすごく寂しいとサミュエルは言う俺はいつもここで彼女といっしょだアデルでもサミュエルは彼の目はあんなに悲しそうな目なんて信じない

**スティーブン・モレリ**
2017年4月22日　11：41PM　合衆国アラバマ州バーミンガム

ヒラリーはほんとにまだ言ってるのか？　昨日のニュースは今日のゴミ。彼女が「自国の」大統領についてあれこれ言ってることは「反逆行為」そのものだ。どうやら彼女を黙らせるには刑務所送りにするしかないってことを証明しようとしてるみたいだな。

51

チェチョター（二〇一九年）

オセオラがトンプソン将軍を殺したのは、武器と火薬を与えるのを拒んだからではないということだ。かの将軍があたしを、偉大なるオセオラの妻をかどわかして奴隷にしたからだという。わたしは黒人女だったということだ。わたしは彼の妻ではなかったということだ。彼はかの将軍に二十四発撃ち込んだ。さらに二人の白人男を撃ち、三人とも頭皮を剝いだ。これらは議論の余地のない事実だ。件の頭皮は戦士たちそれぞれが一枚ずつ持てるよう細長く切り分けられたということだ。わたしがフロリダ戦争を引き起こしたらしい。わたしは確かに彼の妻だったと言われている。

彼がセミノール族を率いて戦ったことは知られている。彼が降伏を拒んだことは知られている。彼があの土地を離れるのを拒否したことは知られている。彼はほかの族長たちが降伏するのをじっと見ていた。彼らの仲間が、先祖が葬られている土地から出ていくのを彼は目にした。彼らのなかにいた黒人たちが捕らえられるのを目にした。彼が生まれたときの名前が白人の名前だったことは知られている。彼の血管には黒人の血も流れていることは知られている。

彼は平和の白旗を掲げた将軍と会うことに同意したと書かれている。彼は裏切られたと書かれている。誰がわたしを買ったかは書かれていない。わたしの子供たちの名前は書かれていない。わたしが奴隷のままだったかどうかはなんとも言えない。わたしは死んだに違いないが、それは書かれていない。

ジョゼフ（一九六四年）

もう私に言わないでくれ、ジョージ

神があんたをお守りくださいますよう、まったくもう
　　　　　　　　　　自分のこの目で見たんだジョゼフ
もう私に言わないでくれ
あんたはそんなもの見てやしない
　　　　　　　　　　女が切り裂かれて
　　　　　　　　　　裸で車に縛り付けられてた
そんなものは
　　　　　　　　　　通りを引きずられていてそこに
　　　　　　　　　　　うちの果物屋台があったんだ
やめてくれ　ああナンシー　やめさせてくれ
　　　　　　　　　　それよりひどかった
　　　　　　　　　　　この人が言ってるよりひどかった
その女はなんかやったに違いない、その女は
誰かを傷つけたんだきっと
　　　　　　　　　　いいや
やめてくれ　聞きたくない
そんなこと　神よどうか私を眠らせてください
　　　　　　　　　　あんただってきっと何か見てきたはずだ
　　　　　　　　　　　自分の目で　なあジョゼフ
いや私は店を閉めていたそんな気配がしたときは

閉めて家に帰った　あんたも
同じようにすればよかったんだ

　　　あのときはあの女の人の運命が
　　　自分の運命になるなんて思いもしなかった

スティーブン・〝ババ〟・モレリ（二〇〇三年）

いまいましい手め。医者はなんて言ったっけ？　まず片手、それからもう一方。そのあと腕全体。頭のおかしい男みたいに震えだす、そういうことだ。あいつらも俺のことそんな目で見てたな。妙な顔だった。手がこんなじゃなけりゃなあ。あの雄鹿。くそっ。俺のだったのに。盗人どもめ。あいつらいったいどっから来たんだ。見かけてるはずだけどな。昨日の夜とか、今朝とか。いやいや、そんなんじゃない。もう考えるな。自分の目であの二人を見たじゃないか。神に誓って。動揺してるだけだ。手のことやダイアン、あの医者に。なんにもなかったのに、次の瞬間あの二人が雄鹿を捌（さば）いてる。二百ポンド以上あるやつだ。盗人どもめ。道に集中しろ。片手だけでじゅうぶんだ。きっと何か置いてきてるな。いや。どうでもいい。ひと休みしろ。それがいちばんんだ。また戻ればいいんだ。あの連中に怖気（おじけ）づいて逃げ出したりするもんか。ちょっと休んでから戻るんだ。あいつらが公園全体を好き勝手にできるわけじゃないんだ、他人が仕留めたものを盗んだりしやがって。もっと大きな鹿を仕留めてやる。でもまず休憩だ。この手め。けだものだ、あいつらみんな。

YouTube
SEMINOLE TRIBE OF FLORIDA
TRIBAL COUNCIL
IN GOD WE TRUST
0:18 / 7:23
I Am Seminole - Everett Osceola
1,992 views
36
0
SHARE

YouTube

私はセミノールだ――エヴェレット・オセオラ
1992 回視聴
字幕
00:00
私たちは今日の私たちの姿を知ってもらいたい
00:01
私たちは生きている、私たちは呼吸している、私たちは今でも
00:03
自分たちの文化を保持している、今でも自分たちの言葉を保持している
00:04
そしてまた、アメリカ人として見てもらいたい
00:08
とも思っている、どうも思えてならないんだが
00:11
アメリカン・ドリームというやつは、忘れてるんじゃないのか
00:12
アメリカ先住民のことを、私はエヴェレット・オセオラ
00:15
そして私はセミノールだ。

00:31
セミノールは
00:35
征服されざる人々と呼ばれていた、なぜなら私たちは
00:36
私たちの部族はアメリカの歴史において唯一
00:40
いかなる条約にも署名しなかったからだ、セミノールというのは
00:44
じつのところスペイン語の
00:48
方言からきている、彼らはただシマロンと言ったんだ

00:50
野蛮人とか野生人とかそんな意味で、それが
00:54
時とともに世代を経るうちにごちゃごちゃになって
00:56
セミノールと呼ばれるようになった
00:57
しかしある意味で残っているとも言える、なぜなら私たちは
01:00
クリーク族というわけでもないし、
01:02
チョクトー族というわけでもないし、あるいは
01:03
チカソー族というわけでもない、私たちは本当のところ
01:06
ある古代の部族なのだ
01:07
だから野蛮人とか野生人とか言われてもねえ
01:12
私たちは継承しただけだ
01:14
名前をね、そしてそれが今私たちの
01:16
名前で、私たちは今それを誇りに思っている

06:20
今の私たちを覚えておいてもらいたい
06:23
私たちは生きている人間で
06:26
あなたたちのなかで暮らしている人間で
06:28
あなたたちが本で見たり
06:29

テレビで見たりするものではなく
06:31
自分たちの好きなように暮らしながら今でも
06:33
ここにいる、こういう私たちを
06:35
覚えておいてもらいたい、私たちが今でもここにいるということを
06:36
私たちは展示物みたいなものじゃないし、
06:39
骨董品みたいなものでもないんだ
06:41
絶滅した種族なんかじゃない、私たちは今でもここにいる
06:44
（音楽）

Waters Rising In Everglades

Estimates Dead In Everglades Storm Close To 600 Ma

New Storms Threaten The Everglades

But, Though Growers May Again Be Forced To Depart, They Will Go Back To Farms

The Amazing Fer[illegible] Of The Soil R[illegible]

Everglades Flood Danger Not Over, EDD Board Told

Water is now down to 17 feet, [illegible]eechobee Lake level, Lamar [illegible]nson, Everglades Drainage Dis[illegible]

HEAVY RAINS FLOOD FLORIDA RESORT TOWN

(By United Press)

MIAMI, Fla., Oct. 16 [illegible] in the Everglades se[illegible] over Hialeah, Fla., [illegible] depth of two feet, an[illegible] 400 square miles of la[illegible] ported.

Emergency measu[illegible] save the town, wh[illegible] is located. Damm[illegible] iami Trail, west of[illegible] ing of a ditch to [illegible] into Biscayne Ba[illegible]

Crops In Everglades Destroyed By Severe Rain and Hailstorm

[illegible] for Federal and Red Cross Aid Sent

Storm Brings Raging Flood to Florida

Rich Crops in Everglades Ruined By High Waters After Hurricane

Photo on Page 6.

MIAMI, Oct. 12 (AP)—A small, freakish hurricane left southeast Florida under the highest floodwater in 30 years before its center swirled out into the Atlantic Sunday.

Damage from 71-mile winds was minor but hundreds of homes were isolated around Miami and Fort Lauderdale

## 資　料


1：〈ハートフォード・クーラント〉、1929年5月18日　26ページ
2：〈ロサンゼルス・タイムズ〉、1929年5月18日　2ページ
3：〈ハートフォード・クーラント〉、1841年1月9日　3ページ
4：〈ワシントン・ヘラルド〉、1907年9月7日　1ページ
5：〈イブニング・クロニクル〉、1909年12月4日　4ページ
6：〈フェイエットビル・ウィークリー・オブザーバー〉、1836年5月5日　3ページ
7：〈ハーパーズ・ウィークリー〉、1858年6月12日　376ページ
8：〈ザ・シリアン・ワールド〉、第3巻12号、1929年6月　42ページ
9：〈マイアミ・デイリー・ニュース〉、1929年1月15日　7ページ
10：ジェサップ、トーマス・シドニー　アメリカ第25議会第二会期　1837-38年
11：〈ゲティスバーグ・コンパイラー〉、1837年8月8日　1ページ
12：ジャンパー、ベティー・メイ　R・ハワードによるインタビュー　フロリダ大学セミノール口述歴史集　1999年6月28日
13：フェリス、ジョゼフ・W　〈ザ・シリアン・ワールド〉第2巻8号、1928年2月　3ページ
14：〈セント・ジョゼフ・サタデー・ヘラルド〉、1912年4月27日　3ページ
15：ジャクソン、アンドリュー　アンドリュー・ジャクソン大統領の議会へのメッセージ「インディアンの移住について」1830年12月6日　合衆国上院の記録　1789-1990年
16：〈シカゴ・デイリー・トリビューン〉、1929年5月18日　8ページ
17：〈マイアミ・デイリー・メトロポリス〉、1913年1月9日　1ページ
18：〈アトランタ・コンスティテューション〉、1918年5月20日　1ページ
19：「私はセミノールだ——エヴェレット・オセオラ」シングル・ショットにより投稿、2017年8月22日
https://www.youtube.com/watch?v=INWXaCjKKhc

Summer of the Shark

入口にいちばん近いタイムレコーダーにICカードを通して、狭い廊下を「ペン（囲い）」へ向かう。幾列も並んだ間仕切りはまだ無人だが、ロラのところだけは違う。彼女はもう自分のデスクに向かってヘッドホンをつけ、電話を受けている。天井から下がっている幾つかのテレビのひとつに目を向けて、音声を消した朝のニュースを見ながら、英語とスペイン語をごちゃまぜにしてべらべらしゃべっている。「ミ・アモール（可愛い人）」と彼女は言っている。「ペロ（だけど）、両方の部屋にキエレス（あなたの欲しい）サーヴィスがなくていいの？」彼女はｒｒｒを舌でとりわけ強く転がし、ｅｅｅをうんと延ばして、契約が取れそうになっていることを示す、まだ六時を二分すぎたところだというのに。

いつものように、マックスは自分のオフィスで行ったり来たりしながらカレンに話している。カレンの手はものすごい速さでノートパソコンのキーボード上を動くが、マックスの口の動きのほうがさらに速い。カレンは彼が言うことの半分も入力できていないはずだ。見られていることに彼が気づくので、見ていないふりをしてみるけれど、そんなことをしてなんになる？　あの男は自分用にガラス張りの役員室を角に作って、わたしたちの仕切りの列より数フィート高くして、販売フロア全体を監視できるようにしている。自分のほうも見られるのを彼は承知している。彼はわたしたちに見せたいのだ。

彼の視線を感じながら、中央通路を歩いてロラの隣にすわり、自分のヘッドホンをさっと装着し、電話の「応対可能」ボタンを押す。こんなに早い時間だと、電話はあまりかかってこない。朝いちばんにわたしたち十人がまず仕事を始め、それから八人ずつくらいのグループがそれぞれの時間帯のはじめに徐々にやってくる。わたしは早番で仕事するのが好きだ。一日をスムーズに始められるし、夜はコミュニティカレッジの講座を受講できる。

椅子をゴロゴロ後ろへ、テレビがよく見える位置に滑らせる。赤毛の女と、チェックのネクタイを締めた顔色の悪い男が映っている。カメラはコートにいるマイケル・ジョーダンへと切り替わり、ズームインするにつれ字幕が現れる、「何かが起りそうな予感。ジョーダン、ワシントン・ウィザーズに復帰」。

「やあ、調子どう？」イーライが右隣の椅子におさまる。

「ハイ、イーライ」ちらと時計を見ると――六時六分。「遅刻したの？」

「いや。でもぎりぎりだった。朝から彼女にガミガミ言われてたんだ。もうカンカンでさ、俺が昨日の晩に出かけたからってね」イーライはブロンドのスパイクヘアの頭にヘッドホンをつけ、椅子の背にもたれかかる。日焼けしていない細い手足が黒いハーフパンツとシルバーのフットボールジャージから突き出している。

ロラが椅子を回転させてわたしたちのほうを向く。指は電話のミュートボタンを押している。

「ちょっと、ちょっとおおお。バカ話はもうちょっと小さな声でやってもらえる？」

イーライはにやっとする。「やめろよ、ベイビー。俺が言ってることなんか、あんたのお仲間の誰にもわかってないから。アリバ（いいぞ）、アリバ、チミチャンガ（揚げブリトー）」

ロラは彼に中指を立てて見せてからデスクに向き直る。イーライは声を落とす。「まあとにかく、昨日の夜、なかなかのダークチョコレートに出会ったんだ、でね、大事な彼女を裏切りたくはないんだけど、その子がまたぽっちゃり甘くてココアパフみたいなんだ」

「まったくもう」わたしは首を振る。イーライは笑う。

「あんたたちったら、何をそんなにペンデハス（バカ）みたいに笑ってんのよ」とロラが言いながら立ち上がる。彼女の髪は黒い巻き毛で腰まである。彼女は後ろの壁のホワイトボードへ行くと、自分の名前の下に線を一本書く。

「知らないほうがいいよ」とわたしは言う。

「イーライがまた何かタチの悪いこと言ってるの？　少なくとも、あんたたちの一人は多少分別があるってわけね」

　ロラは会社のその他大勢と同じく、わたしが夜コミュニティカレッジへ通っているのは何か考えあってのことだと思っている——なんなのか、わたしにはわからないけれど。さいしょ、彼女はそのことでわたしに疑念を抱いた。みんな疑念を抱いた。休み時間に誰かがハイになっていたり、顧客との話が終わっていないのに電話を切ってしまったりしたら、きっとわたしは密告するのだろうと皆から思われていたのだ。この出席率でいくと卒業するまでに最低でも八年はかかると、なんど話してみたところで無駄だった。しばらく時間はかかったが、彼女とのあいだは今では落ち着いている。彼女はアパートの賃貸借契約書と保険の書類を、サインするまえに見てくれないかとわたしのところへ持ってきた、自分でもじゅうぶん理解できるのに。

　彼女はわたしたちのあいだの仕切り壁からリモコンを取って、テレビの音量を上げる。赤毛の女と不健康男に替わって、海と、柵で囲まれた何マイルも続く砂浜の上を飛ぶヘリコプターの映像が現れ、音が聞こえる。ロラが唸（うな）る。「やだ、またこれ」

始まりは七月、サンタローザ島沖で遊んでいた子供をメジロザメが襲ったのだ。サメは子供の片腕をすっぱり嚙みちぎったのだが、その子のおじが、正気の沙汰ではない奮闘ぶりでサメを水から引っ張り上げて腕を取り戻した。医師たちが腕をくっつけ、二十四時間も経たないうちに現れた取材班が病院の外に夜どおし立って、同じ内容を繰り返し報道していた。一週間後、少年が襲われた場所から数マイル南でサーファーが襲われ、バハマ諸島で優雅な休暇を過ごしていたニューヨーカーが脚を嚙まれた。そのころには、新聞も放送局もすっかり狂乱状態になっていた。雑誌を開いてもテレビをつけても「サメ被害急増」の見出しが目に飛び込んでくる。サメの目撃情報はすべて、本当に見たのであろうと見たと思っただけであろうと報道された。八月の中頃には、昼も夜も絶え間なく、沖合に集まるサメの映像が流れるようになった。数日まえ、目が腫(は)れぼったくて針金みたいな髪の女の人がうちの玄関をノックし、「あの問題を解決するための」法律の制定を求める請願書に署名してくれと言った。わたしがアラビア語で返事しはじめると、彼女は立ち去った。彼女は何を言われているかわけがわからないでいたが、わたしも同じだった。わたしが知っているアラビア語は、面倒を起こしたわたしに向かって両親が叫ぶ罵(のの)り言葉か命令だけで、それをただめちゃくちゃに繫ぎ合わせたのだ。

わたしの電話が低い音を発する。発信者番号をちらと見てから「応答」を押す、話はすぐに済んで実りはないだろうと思いながら。わかってくるのだ——どの市外局番だと契約が取れて、どこのだとだめか。

咳混じりの、乾いたしゃがれ声がイヤホンから聞こえてくる。「あの、ペニーセイバー（新聞名）でおたくの広告見たんだけど」低い声が唸るように言う。「屋根に衛星放送の受信機取り付けてくれるって書いてあるよね」

わたしはみんなに聞いてもらおうと音をたててゆっくり息を吸いこむ。「そのとおりです――」向こうの声が男のものなのか女のものなのか判断できない。「まずさいしょに幾つか質問させていただきたいのですが」

「ちょっと待って」またも咳。こんどはちょっとばかり湿り気がある。「ここに書いてあるけど、ひと月十九・九九ドルで有料チャンネルがぜんぶ観られるんだよね」

「いえ、サー（お客様、の意、男性への呼びかけ）」とわたしは性別を推測してみる。「それは基本契約です。お住まいは一戸建てですか、アパートですか？」

「アパートだけど、それがなんか関係あるわけ？　うちの隣もバルコニーに円盤みたいなの置いて、隣の小娘ったら連続ドラマをぜんぶ観てんのよ、あたしはここにすわってアンテナをいじくりまわしてるってのに」

切ってしまいたいが、ガラス越しだとマックスがイヤホンをつけているのかどうかわからない。あの男の耳は異様に小さくて、明るい照明の下だと銀色がかった青に見える濃い黒髪の下にいつも隠れている。だから、ちゃんと「品質管理」をしておくために通話を聴いているのかどうか、わからないのだ。

「マーム（女性への呼びかけ）、このサービスにお申込みいただくにはクレジットカードをご用意いただかなくてはなりません。何かお持ちでしょうか？」

「ううん、だけど、いとこのジェリーが持ってるよ」

「もちろん、けっこうです。ならばジェリーさんのカード番号を調べて、それからまたお電話ください。パラボラアンテナを設置するために係の者を派遣いたしますので。よろしいですか？」

「ああ、いいよ。だけど、まだ有料チャンネルのことを聞いてないんだけど」

ちらとオフィスに目を走らせると、マックスの手にイヤホンがある。「サーマーム、そのクレジットカードを手に入れてからまた掛けてくださいいいですね？　良い一日を！」またも咳が、じっとり湿っぽく耳に入ってくるのを聞きながら、わたしは電話を切る。

七時十分まえにダンがやってきて向かいのデスクにすわる。そのあと数人が続く。タミがいる、ここでわたし以外に大学へ行った、というかともかく行こうとした唯一の人間だ。彼女は医療技術者目指して勉強していたのだが、脱落してこの仕事を始めた。わたしはおもに生物学の授業を取っている。特に理由はないのだが、まだ生きているもののことについて学ぶほうが好きなのだ、死んだ王様とか詩人ではなく。一時親しくしていたのだが、彼女は、自分はユダヤ人でわたしの両親がヨルダン人であることに妙なこだわりを持っていた。それは、わたしが本当はパレスチナ人だというとなのではないかと繰り返し訊くのだ。ヨルダンって、パレスチナからの移民がたくさんいるんじゃないの？　タミの移民の定義をからかうと、彼女は機嫌が悪くなり、わたしはへまをやらかしたのかもと心配になってきた。そもそもあんなところには行ったこともないのだ、と彼女に話した。わたしはポーランド人であるあんたのおケツよりもっとアメリカ人なんだからね、と言ってやったのだった。

電話がどんどんかかってきはじめ、わたしはコネチカット州の主婦にスリー・レシーバー・システムを売り、南北両カロライナ州のどっちかのお爺さんに基本システムを売る。ボードに目をやると、ロラがすでに四つも契約を取っている。誰も販売数で彼女を上回ることはない。だから彼女はこんなに長く続いているのだ——二年間、三年目に入りかけている——ほかの誰よりも長い。噂によると、マックスがタンパのストリップクラブで彼女をひっかけて、ペンサコーラ（タンパ、ペンサコーラともにフロリダ州の都市）へ連れてきて仕事を与えたらしい。彼女が人あしらいを心得ていると感じたのだ、電話越しでは彼女の大きな胸もそこにあるパピ（ダディ）・パブロのタトゥーの上端も見えないとはいえ。男の直感というやつだ。

　わたしは、カリフォルニアで早くも目を覚ましている頭のイカレた男からの電話にひっかかってしまう。彼はわたしに、妻がケーブルを切断してペットの豚を奪ったのだと話す。わたしは後ろにもたれかかって、べらべらしゃべらせておく。ひと休みだ。地元のバラエティーショーみたいな番組がかかっている。ポリエステルのスーツを着た女性司会者が南部訛（なま）りでしゃべっている。電話の向こうの男は泣きはじめ、テレビでも観たら気分がましになるのではないかと言うと、彼はまた豚の話をする、ベア（クマ）という名前の豚の話を。わたしはリモコンを向けて字幕を表示する。

**……そして政府はこの件について何もしてくれません。あれは金魚ではないのです！　深海にいる肉に飢えた怪物どもなのです！**　電話の向こうの男は豚の話をやめて、自分のクレジットカードの番号を読み上げはじめ、彼に時間をとられていたのをよかったと思わせてくれる。

　時計は八時に近づき、また新たな一団が出社してくる。休憩時間。わたしは外へ出てビルの周囲を歩く。イーライはほかの何人かと駐車場の横のピクニックテーブルにたむろしている。髪を脱色して眉（まゆ）を描いている新しく入った女の子がわたしに煙草（たばこ）をねだる。ロラはいつものように、窓を開けた自分の車にすわっている。彼女はぜったいわたしたちといっしょに休憩時間を過ごすことはしない。二歳の子の様子を確かめ、誰だか知らないけれどその子の面倒を見てもらっている人と電話越しにスペイン語でおしゃべりして過ごしている。イーライがわたしの隣に腰を下ろす。

「やあ。今日はいいやつ持ってるんだ。ちょっとどう？」

「いいえ、けっこう」

　イーライは毎日わたしに、自分のトラックでマリファナを吸わないかと訊ねる。そういうところでは太っ腹で、誰彼かまわず連れていっては煙でいぶす。ハイになったまま電話を受けるのが自分ひとりでなければあまり不安にならずにすむからではないか。わたしは誘いを断る、こういう人たちみたいにうまくやれないからだ。彼らは充血用目薬バイシンを目にさして、ミントキャンディを口に入れ、ぜんぜんたいしたことないみたいにさっと電話に戻る。わたしはハイになると、ケンタッキーフライドチキンを買って「アメリカのつぎのトップモデル（テレビの人気リアリティ番組）」を見ながらマースターベーションするくらいのことしかやりたくなくなる。

　イーライは新しく入った女の子とトラックへ向かい、ダンがやってきて腰を下ろす。髪は地肌近くまで刈り込まれ、トラックパンツに白のナイキという格好だ。ロラは彼のことを全米代表と呼ぶ、高校時代野球のスター選手だったからだ。一時（いっとき）、地元の有名人みたいな感じだったらしい。

「君のターバン巻いたおじさんの一人に手こずらされてたところだよ、母国のチャンネルが観たいって言うんだ」と彼は話す。

　わたしは笑う。「こっちにまわしてくれたらよかったのに。わたしなら契約取ってるな」

「誰もあんなやつと契約はまとめられなかったさ」彼は煙草に火を点けて吸いこむ。「そうそう、また襲われたの知ってる？」

「うん、さっきそれやってるのを観た」

「きっとつぎのは最悪なんじゃないかな。これまでの、襲っては逃げたりぶつかって嚙みついたりはたいしたこっちゃない」

　わたしは長々と吸いこんでゆっくり吐き出す。「サメに嚙まれた事件が片手の指の数ほどってだけでしょ。わたしはうちの通りの頭のおかしいジャンキーたちのほうが怖い」

「いやいや、深刻な問題だよ。あのクソッタレどもが沖合で群れになってるの見た？　ひたすら集まって待ってるんだよ。言っとくけどね、クソッタレどもの一匹があるときある場所へ現れて、どっかの野郎が丸ごと食べられるってことになるぞ」

わたしは立ち上がって煙草を地面に捨て、踵で踏み潰す。ダンは靴のつま先に汚れがついているのを見つけて、前かがみになって指先でこすり落とす。サメに襲われた件数はまだ昨年より少ないということを彼に教えたい。先週教授が二時間かけてサメの移動を説明してくれたけど、沖合に群がるのはサメの毎年の回遊の一環なのだ、と。

カスタマーサービス担当のジョアンが歩いてくる。パジャマのズボンみたいなのを穿いて膝までまくりあげ、バージニアスリムを吸っている。「あんたたち、戻ったほうがいいよ。マックスがうろついてる」

腕時計を見る――八時十二分。「ありがと、ジョー」そして、ダンも立ち上がって後に続く。

中に入ると、マックスがペンを歩きまわっている、それぞれの列に沿ってずっと。蛍光灯の下で彼の顔は青白く、着ているタートルネックと同じような色に見える。仕切られた空間それぞれでちょっとぐずぐずして、電話で応対している声に耳を傾け、もっと手早くとかもっとゆっくりとか、もっと高いものを売れとかもっと値段を下げろとか合図し、ほんとうに苛立ちが昂じると、デスクとデスクを仕切っている低いファブリックパネルを叩く。だが完全に立ち止まることはけっしてない。あの男がすわっているのを見たことさえない。

ヘッドホンをつけるとすぐにわたしの電話が鳴る。アーカンソーの中年女性がパラボラアンテナを必要としている。彼女の町のケーブル会社が破産するからだ。売れるのは確実。彼女の情報を書き記していると、マックスがわたしのデスクにやってくる。灰色の目がぱっちり開いている、たぶん徹夜していたんだろうに。ロラによるとマックスはコカインを愛用しているという。彼がすぐそばでぐずぐずしているので聞き耳を立てるつもりだろうと思ったら、そうはしない。代わりにそのまま列に沿って歩き続ける。イーライが椅子に沈みこんでいるほうを見ると、もう誰かとの電話を終わらせようとしている。わたしが自分の通話を終えて目をあげると、マックスが新しく入った女の子をガラスのオフィスに引っ張りこんで、泣いてる彼女のまわりをぐるぐるまわっている。イーライのほうを向く。彼は目を伏せて通話に集中しているけれど、きっと心配してるに違いない。

一分後、女の子は外へ連れ出される。顔のメイクは流れ、アイブロウの片方がにじんでいる。マックスはペンの中央へ行き、罵詈雑言や警告を吐き散らすが、イーライのほうは見ない。カレンがその後ろに立っている。彼は誰にともなく、何か食べるものを買ってくると言って出ていく。彼の姿が見えなくなるや、皆が笑い出し、かわいそうな元新入りのことを話しはじめる。「また一人いなくなったな」とイーライが言う。

ロラは首を振る。「警告もなしで」

「マックスは、今日は腹が減ってるんだ、諸君」とダンが笑う。

カレンはわたしたちを統制しようとするが、誰も彼女に注意を払わない。

電話がちょっとの間来なくなり、わたしがテレビを見上げていると、ダンが仕切りパネルの上から大きく手を振る。イーライがそそくさと電話を終えると、わたしたちは二人して立ち上がる。

「これ聞いてくれよ」ダンは囁くと、スピーカーホンにする。

「聞いてるの?」その声はか細くてかすれ気味だ。

ダンはわざとらしく真剣な表情を作る。「はい、マーム。お聞きしたことが間違いないか確認させてください。パラボラアンテナを設置なさりたい場所はどこでしたでしょうか?」

「言ったでしょ」と女は返す。「夫が刑務所に入れられてしまったんだけど、あそこじゃ地元局しか入らないの」

ロラが立ち上がり、タミが歩いてくる。ダンの目は自分の電話に据えられたままだ。「で、衛星放送用パラボラアンテナを刑務所の建物に設置してもらいたいというわけですね？」

「そうよ。日曜までにやってもらえる？」

ロラが笑い出し、タミがわたしに、にやっとしてみせる。みんなそれぞれこういった電話を数日に一度くらいは受けるのだが、楽しむのに必要な時間を注ぎ込むのはダンだけだ。

「パラボラアンテナの設置に担当者を派遣したとして、どうやって看守の目や電気柵をかいくぐればいいとお考えですか？」

「あら、そんなこと知るわけないでしょ。それはあなたたちの仕事よ」

「はいはい、そうです。あのう、じつはですね」ダンは一拍間を置く。「当社にはスペシャルサービスがあるんです。めったに使われないトップシークレットの機械なんですがね、当社の設置作業員をピーナツと同じくらいまで小さくすることができるんです。そうすれば見つからずにフェンスをくぐり抜けて、鉄条網を通り越して独房まで行けます。それにパラボラアンテナもいっしょに小さくできますから、持っていってご主人のテレビの内側に設置できます。いかがですか？」

わたしは体を折り曲げて声を出さずに笑おうとし、イーライは忍び笑いの合間に鼻を鳴らす。電話の向こう側は沈黙し、ダンはにやっとし、みんなで体を寄せてツーツーとダイヤルトーンが流れるのを待つ。

「あらまあ、そんなことできるの？」

わたしたちはどっと大笑いし、ダンは電話をミュートにしてヘッドホンを外さなくてはならない。タミは笑い過ぎて目に涙を浮かべている。ロラは自分の椅子にどすんと腰を下ろす。「あんたたちってば、どうかしてる」と彼女は言う。

みんなが落ち着きかけたところで、マックスが戻ってくる。わたしはボードを見る。わたしの名前の下の販売数は四件だけだが、まだ九時二十分まえだ。電話に応答し、後ろにもたれてテレビを見つめ、契約する気はなさそうなアラバマのどっかのおじいちゃんが耳のなかでぺちゃくちゃしゃべるのを聞く。レポーターが浜辺にいて、彼女の背後にはメキシコ湾が広がっている。おじいさんが注文を列挙しはじめ、自分が客の考えを変えさせてしまったことにわたしは気づく。ときどき自動操縦モードになって、この手の人にはこういうのが効くとわかっている言い方を駆使していることがあるのだ。

おじいさんの住所を書き留めていると、イーライが叫ぶ。「ああ、くそ」彼のほうを見ると、顔がひどくゆがんでいる。鼻も口もねじまがり、顔におけるそれぞれの位置を相談し直しているみたいだ。彼の視線を追ってテレビを見ると、ロラが立ち上がる。

「あんなのどうかしてる」と彼女は言う。

画面では、高いビルから濃い灰色の煙がもくもくと立ち昇っている。時計は八時五十三分。

ダンが自分の後ろにあるテレビのほうを向く。「おいおい、何が起きてるんだ?」

やっと画面に文字情報が現れる、飛行機と世界貿易センタービルのことについて。そしてわたしの耳のなかでは声が聞こえる。あのおじいさんがまだ通話中なのだ。テレビをつけて、と言おうとして、このおじいさんのところにテレビはなかったのだと思い出す。だからここへ電話してきたのだ。オフィスでは、マックスとカレンが大型プラズマテレビを見つめている。マックスは体を左右に揺らしている。

わたしの頭上のテレビでは、字幕がまるでわけがわからない。イーライの電話が鳴るが、彼はそのままにしている。マックスがオフィスから頭を突き出す。「ちゃんと電話に出るんだ！」と彼はわたしたちに怒鳴る。イーライは「応答」ボタンを押すが、目はテレビ画面に据えたままだ。わたしたち全員がそうしている。おじいさんが設置の時間のことでわたしに何か訊いている。ロラは自分の電話の「出られません」ボタンを押すと、リモコンを摑んで音量を上げる。ダンが彼女のほうを見て「おいおい、俺たちみんなヤバいことになるぞ」と言うが、彼女は無視する。

アナウンサーが消防隊の到着を報道する。あの赤毛と不健康男がまた出ている。「これまでのところ何がわかっているのでしょうか、ハリー？」と女が訊く。「なんらかの墜落、なんらかの事故でしょうかね？　ほんとうのところ何もわからないんですよ、スージー」

タミ、イーライ、ダンは客からの電話に応対し、わたしも自分の通話を片付けようとする。ジョアンナは自分のデスクの上にすわっていて、ヘッドホンを装着してはいるものの話しているのかどうかはわからない。タミは電話を終え、歩いてきてわたしの後ろに立つ、彼女の腕がわたしの肩に軽く触れる。ガラスが砕け散ったたくさんの窓から煙が大きく噴きだし、破片が木の葉のようにはらはらと地面に落ちるのをわたしたちは見つめる。

ジョアンナはヘッドホンを外し、デスクの上にすわったままいちばん近いテレビに手を伸ばして音量を上げる。さまざまなニュースキャスターの声がごちゃ混ぜになって販売フロアの通話の声をかき消す。わたしは何が起こっているのかおじいさんに説明しようとする。どんな光景なのか描写しようとする。「ニューヨークのことなんかどうでもいいんだ」とおじいさんは言い、わたしの注意を彼のクレジットカード情報をちゃんと聞くことへと向けさせる。

画面では、ひどく濃い真っ黒な煙が渦巻き、あの赤毛が数字を告げている。被害の概算と被害者の数字。画面下の時刻は九時二分、わたしは視線を下げて書きかけの注文伝票に注意を集中しようと努める。

赤毛が言いかけた途中で黙りこむ。わたしが画面を見上げると、炎の塊(かたまり)が二番目のビルの頂上へと伸びていく。テレビから聞こえてくる声は今やズタズタの断片で、あえぎに中断され、文章になっていない。ヘッドホンがいくつか外され、何人かが通話の途中で電話を切って立ち上がる。イーライは後ろにのけぞり、目は充血して曇っている。「あんなのあまりにひどすぎだよ」

マックスはオフィスのドアを開けてペンに出てくる。「さっさと電話に戻るんだ、さもないとお前ら全員クビだぞ」堂々とした轟(とどろ)くような彼の声が販売フロアに響き渡る。みんな自分の電話に目を落とす。タミが自分のデスクに戻り、ジョアンナも自分の椅子に腰を下ろす。カレンがリモコンを取り上げてテレビに向けて音を消す。ロラだけが立ったままだ。

「何をやってるんだ?」マックスがロラに声をかけ、そちらへ行きそうなそぶりを見せるがそうはせず、代わりに体をちょっと彼女のいるほうへ傾ける。カレンは二番目のテレビのほうを向いて、またリモコンを掲げようとするが、ロラが睨(にら)んで途中でやめさせ、それからマックスのほうを向く。ダークブラウンの目を細めている。

「あたしをクビにしたいんならどうぞ、とにかくあたしはここに立って、一体何が起こってんのか見てるから」

ペンは静まり返り、テレビの音だけが聞こえる。諦めてすわりなさい、面倒を起こすのはやめときなさい、と合図しようと、わたしはロラの目をとらえる。でも、こっちを見たロラの顔は問いかけているみたいだ。そしてわたしは目をそらすしかない、彼女の頼みにこたえられないのはわかっているから。だいたいわたしに何が言える? そんなことしたって彼女といっしょにクビになるだけだ。

マックスはたっぷり一分のあいだ黙って体を揺らし、それから何か言おうとし、代わりに大きな音をたてて息を吸いこみ、自分のオフィスへ戻る。カレンがさっと後を追うが、彼はなかに入るとドアを閉めてしまい、彼女をわたしたちといっしょにペンに置き去りにする。おじいさんが電話に戻ってきて、クレジットカードの番号を読み上げはじめる。わたしはそれを書き留めない。

今ではほかに誰も電話を受けている人はおらず、呼び出し音は次第になくなる。テレビ画面のヘッドラインは刻一刻と変わっていき、しまいにずっと変わらなくなる。その言葉はわたしの心のなかで転げまわり、ごちゃ混ぜになっては解け、また重なる。ほかの人たちもそれを見ているのはわかっている。タミのほうを向くと、わたしを見ていた彼女はつと目をそらし、また画面に視線を戻す。ダンの視線を肩に、胸に感じるが、見上げると彼の目は相変わらずテレビにくぎ付けになっている。「くそったれどもめ」とイーライがわたしの背後で言うが、わたしはそちらに顔を向けようとはしない。「薄汚いくそったれどもめ」と彼はまた言う。おじいさんの声はまだ耳のなかに聞こえているが、わたしは首がかっと熱くなって向こうが何を言っているのかわからない。

オフィスでは、マックスが椅子にすわっている。背中をまっすぐに硬直させて、外のペンのほうを見つめている。電話の向こうのおじいさんは切ってしまう。わたしはヘッドホンを外して立ち上がる。テレビは二度目の飛行機の映像を繰り返し流している。誰もしゃべらないし、電話も鳴らない。

あの場面がまたも映し出される。一回、二回。三回目にロラが片手を口に当て、彼女の声が静寂を破る。「ディオス・ミオ（なんてこと）」、「ディオス・ミオ」と彼女は何度も何度も繰り返し、その言い方の何かしらが、ひと言ひと言がひとつまえのを乗り越えてどんどん高まっていく様子が、向こう側の虚空を不吉に請け合うように響く。

# わたしたちはかつてシリア人だった

Once We Were Syrians

わたしたちの名前がものをいった時代があったの、シリア人であるということがべつの意味を持っていた時代があった。それを消しなさい。わたしたちは米粒を数えるみたいに数えられる。あれは耐えられない。もっと近くへおいで。聴きなさい。わたしたちはかつて、名前だけで物を受け取れたのよ。みんなでアブー・サアディの店へ行くの、いちばん上の兄さん、あんたのおじいさんに連れられてね、そしてなんでも好きなペイストリーを選ぶの。アブー・サアディの息子がそれを赤い箱に入れて白いリボンで結ぶ。それから、父親がレジの横に置いている厚い帳面にうちの名前を書き込むの。作りたてのヌガーをくれることもあった、ピスタチオが入ったのとか、アーモンドのとか。カウンターの後ろから出てきて、身をかがめてわたしに手渡してくれるの、わたしがいちばん小さかったから。わたしたちは名前で支払ったのよ、ね、父がわたしたちのツケをちゃんと処理してくれた。父は重要人物だった。その名前には重みがあった。父が歩いていると、みんな店から挨拶しに出てきた。あのね、父が自分の車のそばに立っていてさえ、車でお送りしましょうかって言われるの。父は国境警備隊の責任者だった。千人以上もの男たちがその下で働いていたの。父に知られずには何も国に入ってこなかったし、出ていくこともなかった。うんと、うんと背の高い人でね、たいていの男の人より背が高くて、きちんとしていた。なんでもきちんとしておくのが好きだった。母はわたしたちの服を手洗いしていたけれど、父の制服は毎週末外に出して、洗濯と糊付(のりづ)

けとアイロン掛けをしてもらっていた。それを消しなさいってば、頼むから。あの人たちの言葉はナイフみたいに切りつけてくる。神があんたを守ってくださいますように。あのね。あんたの書いたあの作文を読んだのよ。

あんたのお父さんが見せてくれた。

お父さんに腹を立てないでね。お父さんがわたしに見せたがったわけじゃないんだから。読みながら泣いてるので、いったいなんなのって訊いたの。

あんたのお父さんがどうして泣いてたのかは知らない。お父さんに訊いてみたら。お父さんは誇らしげだった、いい評価をもらったんだ、ってね。だからあんたはお父さんに見せたの？

やめなさい。怒ることなんてないでしょ。いろいろいい指摘をしてると思ったわよ、神がお守りくださいますよう。人が死んでいくのが、あの国はもうなくなってしまうかもしれないのが悲しいって書いてたよね。そのとおりだと思う。ああいうことには、わたしも悲しくなる。だけどあんなにたくさん言葉を連ねながら名前はひとつも出てこないじゃない。名前なしにどうやって失われたものが書けるの？　わたしたちの名前は大事だったのよ。名前なしでは、全体を理解することなんかできない。

あんたの気持ちを傷つけたいわけじゃないの。

お願い、行かないで。

神がお守りくださいますよう。聴いてちょうだい。お父さんに腹を立てちゃだめよ。あんたのおじいさんおばあさんがここへ移住したとき、お父さんはまだ子供だった、今のあんたより年が若かった。ほかの男の子たちよりもずっと小柄だった。ずいぶんつらい思いをしたはずよ。お父さんみたいな子には今のほうがもっとつらいでしょうね。それを考えると耐えられない。あのころはただ体の大きさだけのことだった。あんたのお父さんは一年しないうちに英語を身に付けた、しかもそんなことをしているのを誰にも気づかれないでね。怒らないで。あんたは書きたいことを書いていいのよ、もちろん。もうちょっとここにすわってて。

神の祝福を。あんたにわかってもらえるかもしれないから、話しておきたいの。名前を失うっていうのは些細なことじゃないのよ。あのね、わたしには六人のきょうだいがいた。知ってた？　わたしの母はきょうだいが七人、父は九人きょうだいだった。わたしたちにはいとこがうんとたくさんいて、おじさんたちの妻やおばさんたちの夫もうんとたくさんいた。どこへ行ってもわたしたちのことを知ってる人がいた、うちの父といっしょに大きくなった人や母といっしょに学校へ行った人がいた、うちの家に新しい屋根をのっけてくれた人や、うちの家具を作ってくれた人がいた。見ず知らずの人でさえ、どの通りに住んでるか訊かれて答えると、うちの近所に知り合いがいた。そうとわかると、そのお店でお茶を出してくれるの。兄たちや姉たちとわたしは、夏はほかの子供たちと通りで過ごした。サッカーやかくれんぼをして遊んだ。お互いに追いかけっこしたり競走したりしているうちに、息ができないくらい暑くなってきてね。ごめんなさい、しゃべりすぎね。こういう話はもう、あんたのおじいちゃんから、あんたのおばあちゃんから聞いてるよね。だけど、それはちゃんとしたものじゃなかったかもしれない。もう一度話させてね。わたしたちは子供だった。わたしたちは安全だった。

うん、ぜんぶ読んだわよ。

最後のところもね、うん。あのね、あんたがわたしについて書いたことを読みましたとも。それでこうして訊くんでしょ。わたしは怒ってないから。あんたがああいうことを、わたしのしたことを書いたのは当然かもしれない。あの女の人に対する自分の態度が褒められたものじゃないのはわかってる。だけどね、あんただってわかってない。

　そんな顔しないで。神がお守りくださいますよう。もちろん、あんたは賢い子だと思ってるわよ。だけど、これはそういった知識とは違うの。本からじゃわからないことがあるのよ。あんたはまだ小さかったから、あの女の人のことを覚えているとは思わなかった、あの人が子連れでうちの玄関へやってきたときのこと、お金をねだったときのことを。知り合いがあの人をうちへ寄越したんだけど、わたしはあの女の人を追い返した。あの人をなんて呼んだか繰り返すつもりはないからね。でも言っとくけど、あの人の頼み方にはわたしたちに対する敬意はぜんぜんなかった。あのころは状況が違ってたとかわたしは何もわかってなかったんだとか言うことだってできるけど、そんなことは言わない。だけどわたしはほんとに忘れてたの、そしてあんたは覚えてた。ね、わかってちょうだい。あんた、ダマスカスを覚えてる？

　そうよね、あんたはうんと小さかった。わたしたち、イード（ラマダーンの終了を祝う大祭）の時期に二度あんたを連れてったんだけど、どちらのときもあんたはまだ母親に抱かれてたからね。いいの、わたしがあんたのために思い出すから。ダマスカスでは、イードは一年で最高の時期なの。みんな朝から家を出て通りへ繰り出す。しゃべって笑って、何か月も会ってなかった人を訪問するのよ。プレゼントを買って、お菓子を配る。近所の人やお店の店主にお祝いの気持ちを伝えるの。わたしたちの知ってる家族はどこも肉屋のムハナドに金を払って、少なくとも一頭の羊をその一家の名で屠(ほふ)ってもらう。肉の三分の一はご近所に、三分の一は貧しい人たちに配るの。子供たちは新しい服を着て、おじさんやおばさんから、おじいちゃんおばあちゃんからお金を貰(もら)う。町にはカーニバルがやってきて、みんな回転木馬に乗ろうと並んで順番を待つの。

　素敵だったわね、うん、そして素敵じゃなかった。ほかのところとおんなじ。あのね。イードのまえやあとだって、うちのドアは開いてたの。わたしの母はいつもお茶やコーヒーを沸かして、お菓子や果物を出してた。街のあちこちからいろんな人がうちの家へやってきた、ただの訪問もあったけれど、わたしの父に手助けしてもらいたくて来る人もいた。我が家の名前にはそれだけの重みがあったの。債務を免除させたり、息子を結婚させたりできるほど、もしかしたらその人の命さえ救えるほど。やってくる人の多くをわたしたちは知っていた。訪れる人が子連れだと、わたしたちといっしょに遊んだ。自分たちの友だちを招かせてもらえることもあったわね。

たくさんはいなかったのよ、わたしはね。だけど、友だちはみんなすごく親しい仲だった。

ヤラとラミア。それにジヤド。わたしのいちばん大事な友だち。

あのね、彼はすごくきれいだったの！　顎(あご)が尖ってて、睫毛(まつげ)が女の子みたいに長くて。誰もが彼のこと大好きだった。ねえ、これはきっとあんたの気に入るよ、彼が生まれたときの話。誰もが知ってた。ジヤドはね、お母さんから出てきたときに首に臍(へそ)の緒が巻き付いてたの。生まれたとたんにもう死にそうだったのよ。医者は若くてどうしたらいいかわからなかった。かわいそうな赤ちゃんが紫色になるのを、ただ見てるだけだった。ジヤドのおばあちゃんがいなかったら、生きていなかったでしょうね。おばあちゃんは医者の手から彼を取り上げて、臍の緒を切って息ができるようにしたの。切ったあとも臍の緒はまだ動いたっておばあちゃんはみんなに言ってた、最後にもう一回。信じられる？

そんなふうに言われてて、だからそれがわたしの知ってること。だけど、話したいのはそのことじゃないの。聴いて。ネイダーほどしょっちゅううちへやってきた人はいなかった。彼は古い家柄の出でね、うちの家ほど古くはないんだけど、でも名家だった。彼はわたしの父の副官だったから、父が昇進するとネイダーも昇進した。これは大事なところよ、彼はいつも父よりひとつ下の地位だった。ネイダーが自分の家を国境から持ってきたものでいっぱいにしているのはみんな知ってたの、捜査で見つかったのを自分のものにしてたのね。テレビ、ラジオ、とても高価な敷物。もちろん、警備隊のたくさんの人が同じことをやってた。わたしの父とネイダーは十五年間いっしょに働いていた。彼は父のいちばん親しい友人だった。そしてほとんど毎晩うちの家へやってきて、ビールを飲んで、うちの庭で水ギセルを吸った。大きなお腹で指が太かったのを覚えてる。鼻の穴から輪になった煙を吹きだして、わたしたちを笑わせた。わたしたちは彼のことが好きだった、面白おかしく話をするのがうまかったからね、ベッドへ行かされるまえに、わたしたちはいつもお話をひとつ聞かせてもらうまで彼といっしょにすわってたものだった。わたしは彼の声が好きだった、音楽みたいでね。彼のお話は、歌みたいだった。

誰？

ちがう、彼の名前はジヤドよ。こんなふうに発音してみて、ジーーヤド。

上手よ。神がお守りくださいますよう。

話すことはこのくらいかな。

あのね。ジヤドの名前は重みのある名前だったの、うちのより重みがあった。彼の一家はうちの通りでいちばん大きな家に住んでた。わたしの兄、あんたのおじいちゃんはね、ジヤドのお兄さんと同じクラスで、ときどきいっしょに彼の家へ連れていってくれたの。そのころには彼のお兄さんたちやお姉さんたちは大半が結婚して家を出ていた。だから家は静かでね、うちの家よりずっと静かだった。

いや、彼はわたしよりひとつ下よ。

ラミはね、ジヤドより年上。あの家に残っていたのはラミとジヤドだけ。それとお姉さんがひとり。

彼女の名前はどうでもいいの。

わたしのほうが何歳も下だったけど、仲良くしてくれた。

それはどうでもいいんだってば。

彼女の髪はまっすぐで黒くて、睫毛はジヤドみたいに濃かった。ほかに何か話すことがあったっけ？

さあ、彼女はどんな人だったかしらね。外遊びが嫌いだった。太陽の光で目が痛くなる、暑さでくらくらするって言ってた。わたしはそうじゃなかった。通りの端から端まで走るのが大好きで、兄や姉の誰かに、わたしのタイムを時計で測ってって頼んだりしてた。サッカーも好きで、わたしをチームに入れてくれようとしない男の子たち相手にゴールを決めてたんだから。

彼女のことはもういいの。彼女はジヤドのお姉さん。それだけ。

あんたが考えてるようにではないけど、うん、わたしは彼のことすごく好きだった。すぐ笑うところが好きだった。彼は年下だったからクラスは違ったけど、朝の集会でみんなが外の校庭に集まると、彼の姿が見えるの。彼がこっちを見ているのに気がつくと、目をむいてみせたり舌をゆらゆらさせたりしたっけ。でも、どの先生にも見られないようにしないといけなかったけどね。見つかると、木の定規で手を二発叩かれるの。耳を赤くなるまでひっぱるのが好きな先生も一人いたけど。ジヤドは笑うまいとして必死になる。見てると面白かったんだから！　彼の両目が消えちゃうの。まっすぐな線になって、そして全身を震わせて笑いを抑え込もうとするの。

そうよ。みんな列になって並んで立って、制服姿でね、そして顔は正面へ向けて。胸に手を当てて旗に忠誠と義務を誓う、厚紙のポスターの肖像にね、目がこっちを見返してるの、校庭のどこに立っていても追いかけてくる。はじめは父親の、今では息子の目が。年長の生徒が国歌を歌ったり詩を朗読したりすることもあったけれど、誰も聴こうとはしなかったわね。

また訊くのね、どうしてわたしたちが黙っておとなしく立っていたのかって。なんで叫んだりわめいたりしなかったのかって？　怖かったからだけじゃないの。それがすべてじゃない。そんなこと考えもしなかったのよ！　あんたにどう説明したもんかしらねえ？　太陽に向かって熱いじゃないかと、大海原に向かって深いじゃないかと叫ぶみたいなものだったのかな。わたしが話そうとしているのはね。あのね。ネイダーには娘たちしかいなかった。ぜんぶで六人。彼の奥さんは毎年男の子を産もうとしては毎年またも巻き毛の女の子が出てくるの。ネイダーは、若い頃女の子たちを追いかけまわしてたバチがあたったんだって冗談を言ってた。「これじゃ、逃げようとした女の数だけ娘を持つことになるな」って言って笑うと、彼の大きなお腹も笑うの。彼は来るときに娘をひとりかふたり連れてくることもあった。わたしたちといっしょに遊ぶには小さすぎるんだけど、それでもお茶のあとはわたしたちの部屋へやられるの。わたしたちは玩具を持たせて遊ばせておいて、でもすぐにその子たちのことを忘れちゃった。あの子たちのそばで開けっぴろげにおしゃべりした。わたしはあの子たちのそばで開けっぴろげにしゃべったの。あの子たちはまだ子供だった、わかる？　あれはわたしの失敗だった。

誰の名前？

どうしてまた彼女のことを持ち出すの？

彼女はジャドのお姉さん。彼女の名前はどうでもいいの、ね。

ああ、いいの。

彼女は彼女のしたいようにしてたわね。

いいんだってば。

たとえば、あの家のメイドがキッチンにいるでしょ、ジヤドのお姉さんはそのメイドを出ていかせるの。彼女はいろんな材料を混ぜて、ぜんぶオーブンに入れてどうなるか見るのが好きだった。

ほかに？　彼女のお母さんは新しいミシンを持ってた。そしてお母さんが出かけてると、ジヤドのお姉さんはそれを使ってみるの。わたしに、人形の服や自分の服をどうやって作るか教えてくれた。楽しかったわよ。あのね、自分の家では、ミシンには触らせてもらえなかったし、キッチンにも入れてもらえなかった、水をいっぱい飲みに行くとき以外はね、そのときでさえ、母が水差しを持ち上げてわたしのコップに入れてくれたの。でも、ジヤドの家ではね、わたしたちがしてること、お姉さんが何をして遊んでいるか、誰も見張ったりしてなかった。彼女はわたしにやらせることをリストにしていた。彼女の人形を洗ってそれぞれ髪を梳かす、彼女が翌日着る服を選ぶのを手伝う。もう一度わたしに整えさせるためだけに自分のベッドをぐちゃぐちゃにすることもあったわね。いい天気の日でも彼女はわたしを屋内に居させるの。ままごと遊びしようよ、って言うの。

あのね。彼女はお父さん、ジヤドはわたしたちの息子なの。わたしは食事を作ったり家を掃除したり、そのほかいろいろやりたくもないことをやる真似をしてた。でもそんな話はもうたくさん。

たくさんだって言ってるでしょ！

だいじょうぶ。でも彼女の話はもうやめ。あんたにほかのことを話したいの。聴いて。ときどきわたしの父とネイダーは国境へ派遣されてそこにいることがあった、何日も、何週間ってこともあった。

そうね。父の背の高い姿やにおいが恋しかった、でも一方で、父のいない家も好きだった。いつもより騒がしくなるの。姉たちは友だちの誕生日パーティーに誰がどの服を着るかでわあわあ言い合いする。兄たちは居間で騒々しく戦争ごっこをして、プラスチックの銃やオモチャの手榴弾で殺し合いの真似をする。いつもどおり母はせっせと家じゅうの何もかもをきれいにしてるんだけどね。だけどときどきわたしたちの部屋に入ってきて遊んでるのを眺めたり、わたしたちが外にいると、家庭着を脱いで着替えて通りに出てきて、近所の人たちとおしゃべりするの。きちんとした食事の代わりに、パンとチーズとオリーブオイルとザアタル（ハーブ）を食べた。母は鶏の丸焼きを買ってきて、わたしたちに手づかみで食べさせてくれた。

母はね、とっても優しかった。母に神のお慈悲を。いまでも母が恋しい。

父のやり方は違ってた。父は厳しかった。

父は手でわたしたちのスカート丈を測った。兄たちは髪の長さが耳を越えることを許されなかった。でも父はわたしたちの望むものはすべて与えてくれた。姉たちの誰かが雑誌にのっている服を指さしたり、兄たちの誰かが見かけたレゴセットのことを口にしたりするでしょ、あとはただ待てばいいの。そのうち父が包みを抱えて帰ってきて、にこにこしながら渡してくれる。希望どおりのものを貰えるとは限らなかったけど、じゅうぶんそれに近いの。そういう包みがどこから来るのか、どうしてときどきほかの人の名前がついていたりするのか訊いたりはしなかった。父に叩かれるのは、わたしたちが何か悪いことをしたからだった。いちばん上の兄は試験でカンニングをして横っ面を張られた。姉は通りで悪態をついて髪の毛を引っ張られた。父は姉のお下げ髪をこんなふうに摑むと、居間をぐるっと歩いたの、姉を引っ張って、姉が口にした悪態をわたしたちの耳が麻痺するまで繰り返しながら。

そんな顔しないで。それが父の考え方だったの。

そんな顔しないでってば。神よ、父にもお慈悲を。

いいえ、父は姉を叩いたりはしなかった。父が誰よりも愛していたのは母だった。母にフランスのラベルのついた服や鰐革(わにがわ)のハンドバッグや強い匂いの香水や衣装ダンスの奥にしまっておくレースの下着を持って帰った。家がわたしたちだけになると、姉たちはそれを取り出して着けてみて、わたしはベッドにすわって眺めていたっけ。わたしはまだうんと小さかったから、そういう衣類がなんのためのものなのかわかってなかった。あんたはもう大人かもしれないけど、あんたにもきっとまだわかってないんじゃないかな。

笑わないで。わかるまでにはあと何年もかかるんだから。

母？　母のことはね、思い出が蘇(よみがえ)るようにして蘇ってくる。どの部分が自分で作り上げたものなのか、よくわからない。母はオレンジみたいなにおいがした。手の皮膚(ひふ)は薄くなって、脚にはくっきり静脈が浮き出てた。一日じゅう洗って料理して磨いてた。

そう、一日じゅうなのよ。よくまあ静脈が破裂しなかったものだ、皮膚が水に溶けてしまわなかったものだと思うわね。だけど、わたしが話したいのはそんなことじゃない。聴いて、そうすればあんたにもわかるかもしれない。父が何週間もいなくなって、そのうち近所の人たちがもうわたしたちと目を合わせなくなったことに気が付いたの。それでもわたしは母に何も訊かなかった。きょうだいの誰も訊かなかった。代わりに家のなかには静けさが広がって、あまりに重苦しいので、これじゃ死んだ人だってたまらないだろうと思ったわ。わたしたちは何も言わずに食事した。沈黙でお腹がいっぱいになった。あの夏、わたしは毎日窓辺にすわってうちの通りを見下ろして、本道と交差する角を見つめていた。わたしは父を出現させようとしていたの、わかる？　あと十秒長く息を止めることができたら、あと十五数えるあいだ瞬(まばた)きしないでいられたら、と自分に約束するの、そうすれば制服姿の父があの角を曲がってくるのが見えるよってね。父が家に向かって歩いてきて、わたしに手を振ろうとする姿を思い浮かべた。あのときはまだ、自分の犯した過ちがわかってなかったの。

どう説明したらいいのかしらね？　わたしたちの家では、物事というのは考えるものであって話すものではなかった。近所の人たち、いっしょに笑ったり、うちでお昼をいっしょに食べたり、夕食のあとデザートを交換したり、小さな子がいたらわたしたちの膝に抱いて食べさせるのを手伝ったりしていた人たちと、見える壁や見えない壁で隔てられてしまった。誰がしゃべらないとも限らなかった、わたしたちに関する話のどれが本当でどれが得られるものを得るために彼らがしゃべるでっちあげなのか。それとももっとひどいことに、ほかに選択肢がないから、もしかすると代わりに彼らの命が危なくなるから、ということだって。一度、わたしが七つか八つのときに、友だちのヤラがうちに来て、わたしは家族で海岸へ行った話をはじめたの、週末をラタキアで過ごしたことをね。太陽で肩が焼けたこと、肌にヨーグルトを塗ってそのあとはずっとパラソルの下にいなくちゃならなかったことを話した。でも、どこに泊ったか、誰を訪ねたか話しはじめたとたん、母が戸口に現れたの。母の顔を見て、なぜかやめなくちゃいけないってわかった。わたしはヤラのほうを向いて、色を塗るのと素描とどっちが好きか訊ねた。あのときわたしには、やめなくちゃいけないってわかったのよ。わかってきた？

よかった。神のお恵みを。神がお守りくださいますよう。彼女にまた会ったの、知ってる？　九年、十年まえに。でも彼女はわたしのこと覚えていなかった。

ちがう、ちがう。ヤラじゃない。ジヤドのお姉さんよ。結婚式で、ムフサインとジュマナの結婚式でジヤドのお姉さんに会ったの。誰にも言わなかったけど。あんたもいたけど、うんと小さかったからね、小さすぎて覚えてないよね、彼女が手を伸ばしてあんたの髪に触れたことは。あんたのこと、子ネズミみたいに撫でたわ。彼女に握られたとき、わたしの手は震えた。彼女は自己紹介したのよ、まるで彼女が誰かわたしが知らないみたいに！　わたしの名前を聞いてさえ彼女は何も思い出さなかった。ディナーのあいだ、彼女の頭の後ろが見える位置にわたしはすわってたの。彼女の髪はあいかわらず濃くて真っ黒だった。わたしの髪はそのころにはもう灰色になっていた。ダンスが終わって音楽が止んで、彼女が立ち上がるのを見てようやく、わたしはまた彼女に近づいた。たった今思い出したってふりをしたの。うちの通りの名前や近所のいろんな人たちの名前を挙げて、それからジャドやほかのご家族はどうしているか訊ねた。彼女は青い目でまじまじとわたしを見つめて、首を振ったの。「ごめんなさい」って彼女は言った、「覚えていないわ」。あのときの自分がどんな顔してたか、とても想像できない、だってね、そのときジュマナのいとこのひとりがわたしのところへやってきて謝ったの。「あの、彼女、結婚後事故にあったんです」ってそのいとこは言うのよ。「記憶がはっきりしないんです」って。その事故のこととか夫はどこにいるのかとか訊いてみたかったけど、わたしは黙ったままでいて、彼女は行ってしまった。

いや、いや。怒ってるわけじゃないの。でも彼女は覚えてたはずよ。

べつに怒ってないってば。

もうたくさん！　お願い。わたしは違う話をしてたの。どうして彼女のことが出てくるの？　わたしはおばあさんになってきて、こんな話し方しちゃうのね。神があんたに忍耐力を与えてくださいますよう。なんの話だっけ？

そうだった。神が守ってくださいますよう。聴いて。父は釈放されたとき、病院に送られてね、真夜中に家に帰ってきた。何週間も、わたしたちはご近所に父は病気なんだと言っていたの、国境でおかしなインフルエンザにかかったんだとね。みんな頷いてた。それを信じたってわけじゃないんでしょうけど、ねえ、聞こえのいい話だと認めてくれたのね。そのあいだずっと、父は自分の部屋にこもっていた。母が一人でわたしたちに食べさせたり寒い思いをさせないようにしてくれた。今でもまだ、どうやっていたのかわたしにはわからない。母はわたしたちに朝ご飯を食べさせて、お昼まで父といっしょにすわってるの。わたしたちは両親の部屋の閉ざされたドアのところに立って、息をひそめてできるかぎり聞き耳を立ててみたけれど、ひと言も聞こえなかった。なんだかまるで両親も息をひそめているみたいだった。

しばらくすると、父は庭に出てすわるくらいのことはするようになった。でも、わたしたちの名前はもうなくなってしまったように思えた。近所のいちばん親しかった人たちでさえ寄り付かなかった。もちろん、わたしたちにはわかっていた。わたしの父はいちばんよくわかっていた。父は家にいた、家なら誰にも姿を見られないでしょ、家のなか庭ならね。だけど恐れていたからじゃないの、わかってね。そうすることで、父に話しかけてくれそうな人たちを、父に挨拶しなきゃと思ってくれそうな人たちの安全を守るためだったの。神よ父を哀れみたまえ。

父はどんどん無口になった。なんとなく背が低くなった、制服を着ていないとね。平服の父を見るのは変な感じだったけど、わたしたちはそれに慣れていった。

そう、わたしたちは慣れた。だけど、何年も経ってからだけどね。父も母も両方とも死んで並んで葬られて、神よ、両親にお慈悲を、それからずっと経ったころだった。そのころになってネイダーの娘たちのひとりがわたしたちに許しを乞いに来たの。だけど許すことなんて何もなかった。彼女の過ちだったのと同じくらいわたしの過ちでもあったのだから。ハンマーの柄になっている木を責めたり、紡ぎ手の紡ぎ車に吸い込まれていく糸を責めたりするようなものだもの。わかる？

よかった、とにかくあんたに説明しなくちゃならないの、わかってもらえるように、だってあんたが黙っていないのがわたしには嬉しいんだもの。あんたははっきりものを言う。あんたはそうだものね。ペンはもうひとつの舌だっていうじゃない。あの作文で、あんたははっきり声をあげてた。

聴いてちょうだい。頼むから！　シリアはもうなくなるかもしれないと思うと悲しくなるって書いてたわよね。確かに悲しい、だけどもっといろいろあるの。テレビや新聞では国のことを紙に描かれた線でしかないみたいに話すでしょ。わたしたちには名前があったのよ。そして、わたしたちが教室にすわっていたり、メモをやりとりしたり、通りの行商人からおやつを買うための小銭を母親にねだったりしているあいだに、いろんなところにいるわたしたちが会ったこともない人たちが、わたしたちの名前のあいだにせっせと線を引いて国境を作っていたの。あのね。あの日わたしはあの女の人を追い返した、後ろにいた子供たちもいっしょにね、どうしてかっていうと、わたしたちのほうが上だと思ったからなの、イラク人で百姓で難民である彼女よりもね。わたしは彼女をそう呼んだ。わたしにはもう自分の名前がない、だけどわたしはシリア人で、わたしのほうが上だった。わかる？　わたしが線を引いたわけじゃないけど、これまでずっとその線に従ってきたの。

お願い、聴いてちょうだい。もうそろそろ終わりかけなんだから。

あんたは何が知りたいの？

そう、わたしたちはそのまま暮らしていた。ほかにどこにも行くところはなかったもの。父は離れることを許されなかったでしょうし。

さっきも言ったけど、友だちはそんなにたくさんいなかったの。でも、そう、ほとんどの人はわたしと口をきかなくなった。それでもその人たちのことは友だちだと思ってた。しかたがないってわかっていたもの。

うん、そうよ、彼は違った。ジヤドはそんなことなかった。彼がほかの人たちより勇気があったってわけじゃないの、うん。あのころはわからなかったけど、今ではわかる、彼はそうしないではいられなかったんだって。それが彼のやり方だった。

彼流のお詫びだった。

いいえ、父に起こったことにたいしてってだけじゃなく。それ以上ね。説明できないけど。だけど、彼の両親がいないときに彼はうちの庭へやってきて、誰かが気づくまですわってて、そしてわたしに会いたいって言うの。父がそこにいると、二人で静かに挨拶を交わしてた。時が経つうちに、状況は良くなった。父が死に、それから母が。二人に神のお慈悲がありますように。世間は忘れたふりをしてくれた。

ふりをするってことは忘れるってことと同じなのよ。それでわたしたちは離れられるようになったの。聴いて。あの抗議した人たちはね。

あれはあんたの作文以上のことのためなのよ。お願い。あの人たち、抗議した人たち、あの人たちは身に着けた服以外なにも持たずに通りに出た、狙撃兵に撃たれて、殺されてさえも進み続けた。これは大統領を変えるとか民主主義を求めるとかのためではなかった。あんたは好きに書けばいい、だけどね、そういうことだけじゃなかったってことを、どうかわかって。政府は子供を十五人捕まえた。監獄に入れて家畜みたいに鞭（むち）で打った、石にいろんな言葉を書いたからってね。それがさいしょじゃなかったし、最悪でもなかった、だけどそれがダムを溢れさせる一滴だったの。人々が通りにあふれ出て、そして五十年ぶりにみんな声をひそめなかった。叫んだの！　歌ったの！　みんな自分の声が耳に響いていた。また黙らせるなんてこと、できるわけないでしょ？　とても信じられなかったわね。ここにいてさえ、こんなに離れていてさえ、わたしたちは驚きに震えた、恐怖に、ではなく。まるで太陽だと思っていたものが月にすぎなかったと聞かされたみたいだった、青いと信じていた空がじつは赤かった、とかね。どうかわかってちょうだい！　手に入れたものが失ったものより多いか少ないかなんてこと、誰にも計算できるわけないでしょ？　誰がしてみるもんですか。あの人たちのことを思うと胸が苦しい。

いいえ、だいじょうぶ。神があんたをお守りくださいますよう。聴いてくれてありがとうね。

いや、ジャドは一度も国を出なかった。まだチャンスがあったときでさえ、あんなにたくさんの人が出ていったときでさえ。彼のことも悲しくてたまらない。彼はわたしの友だちだった。

そう、わたしたちは国を出た。わたしが出国したあと、彼は何通も手紙をくれたの。最後の手紙が来たのはさいしょの抗議デモがあってからほどなくだった。そこには一行しか書かれていなかった。

「自分の声を見つけるのにこんなに時間がかからなければよかったのに、と思っています」

そうよ、だけど彼はそのことだけを言おうとしていたんじゃなかった。あんたにはきっとわからないわね。わかってもらえるかしらねえ。

どんなふうに話してみればいいのかな。

だいじょうぶ。

わかってもらいたいの。

聴いて。やってみるから聴いてちょうだい。ジャドのお姉さんはおままごとが好きだった。彼女は夫役だった。わたしは妻の役。

ええ、ええ。だいじょうぶよ。

彼女は夫。わたしは妻。彼女はジャドにわたしたちの息子役をやらせた。

お願い、聴いてて、わたしが話せるあいだは。彼女はわたしに妻をやらせた。うそっこのご飯を作るよう命令するの。詰め物をしたズッキーニ、サヤマメのシチュー。彼女はジャドがうそっこの宿題をするのを手伝った。彼女は夫だった。

わたしはね、頼むから聴いて。彼女は自分の部屋のカーテンを引くの。ずっしりしたカーテン、日中でも部屋を夜みたいに暗くしてしまえるカーテンだった。寝る時間だよ、と彼女は言うの。彼女はジャドのためにクローゼットの床に毛布を敷いて、それからドアを閉めてしまう。それがごっこ遊びの彼の部屋なの。それから彼女はベッドに入って、わたしにもいっしょに入るように言う。入りたくなかったけど、言われたとおりにしたわ。

そんな顔しないで。ねえ、いまさらどうだっていうの？

いや、彼はしなかった。一度もドアを開けたりしなかった。彼はいい子だったもの、静かにしてた。

そう、彼は知ってた。だけど、わたしたちは一度もそのことを口にしなかった。どう言えばよかったっていうの？

わたしたちにはそんな言葉はなかったもの。

誰に言えばよかったっていうの？　あの一家の名前は重みがあった、うちの家の名前よりもずっとね。

だめよ。

だめだって言ってるでしょ。

やってみる。あんたにだけね。

ザイナブ。彼女の名前はザイナブっていうの。もうこれでじゅうぶん。これ以上言うことはないわ。

だいじょうぶ。そんな顔しないで。お願い、だいじょうぶだから。これからもだいじょうぶ。話すって気分がいいね。あのね、ある話がほかの話よりも悪いのかどうかわたしにはもう確信が持てないの。

言ってるでしょ、彼女、それにネイダー、彼らは結局は同じ話なの。あんたもそう言ってるじゃない、あの作文でも。

言ってるってば。今わかったの。

あんたはシリア人に何が起こったか書いた、イラク人の女の人とわたしのことを。今わかったけど、それも同じ話じゃないの。あんたもわたしも、わたしたちはたったひとつの話を話しているの。

あんたにもきっとわかる。わたしは今わかったの。あんたに神の祝福がありますように。あれは良い作文よ、神があんたをお守りくださいますよう、あんたがいつもこんなにはっきりものが言えますように。

ねえ。わたしの母が自分の名前を墓へ持っていったのを知ってる？　母は一族の最後の一人だった、神よ母にお慈悲を、そしてあの一族には名を継ぐ孫息子はひとりもいなかった。おじのひとりは子供がいなかった。べつのおじには女の子しかいなかった。もうひとりは子供のうちに死んでしまった。どうしてわたしは母の名前のことを嘆かなかったのかしら、自分の母親なのにねえ、我が家の名前のことは今でも嘆いているのに？

そうね、そうね。あんたの言うとおり。あれは母の父親の名前よね。わたしには答えはわからない。神があんたを守ってくださいますよう、あんたはべつの道を見つけるんじゃないかしら。もうすでに見つけてるわよね。でも、あまりにたくさんの名前が消えてしまった。殺されたり、移住させられたり、世界中に散らばって。名前が意味するものは変わってしまう。これは悪いことでしかないと思っていたけれど、今ではなんとも言えない。そういう名前がこれからどうなるのかわからない、名前とともにわたしがどうなるのか。あんたが決めることなのよ。あの女の人に戸口で応対したとき、わたしはシリア人だった。これはいいとか悪いとかじゃないの。だけどお願い、わたしは今、なんて呼ばれるのかしら？

氏名：ナディア・L
担任：ミズ・シーハン
英語2H

## シリア難民危機

シリアはレバノン、トルコ、イラク、ヨルダン、イスラエルと国境を接する国です。内戦以前、シリアの人口は二千万人でした。今ではその半分です。一五一六年から一九二〇年まで、シリアはオスマン帝国の一部でした。一九二〇年、イギリスとフランスがオスマン帝国を幾つかの国に分割し、そこにはシリア、レバノン、パレスチナ、それにヨルダンの一部が含まれていました。一九四八年までフランスがシリアを支配しました。一九五八年、シリアはエジプトと国家を形成しましたが、それは一九六一年に終わりました。シリアの人々がエジプトに支配されることを望まなかったからです。それ以来、バース党とアル＝アサドによって支配されてきました。

二〇一一年に内乱が始まりました、シリアの人々は大統領を打倒しようとしたのです。人々は民主主義と自由を望み、ほかのアラブ諸国の革命に勇気づけられていました。大統領一族はほぼ五十年間も国を支配していました。なぜシリアの人々がそんなことを許したのか理解しがたいかもしれませんが、殺されるのが怖かったからではないかとわたしは思います。

わたしの父はシリア出身で、わたしが生まれるまえにこの国に移住してきました。父は子供のころに家族といっしょにやってきたのですが、それは父のお父さんがサンフランシスコで仕事を見つけたのと、父のお父さんの女きょうだいがすでにこの国で暮らしていたからでした。わたしのお父さんはシリアのニュースを見ると腹を立て、そして悲しみます。お父さんは、ロシアとイランとアル＝アサドが多くの人々を殺し、多くの難民をつくりだしていることをすごく怒っています。でも、世界のほかの国々がそれを止めるために何もしてくれないのを悲しんでいることが多いです。もしかするとお父さんはもう二度とあの国へ行けないかもしれないし、シリアはそのうち国でさえなくなるかもしれないと思うと、父がかわいそうになります。

戦争のせいで、たくさんのシリア人が逃げ出してよその国々へ行きました。約七百万人のシリア難民が、トルコ、レバノン、ヨルダンに散らばり、百万人がヨーロッパにいます。ほとんどの国が難民をいやがります。難民に仕事を取られたり犯罪を起こされたりするのではないかと心配なのです。心理学の授業で、人間は自分と似た人間だと助けようとする傾向があると学びました。たとえば、同じ人種だったり同じ性別だったり同じ言語をしゃべっていたら、ということです。わたしのお母さんは、みんながシリア人のことをもっと自分たちに似た人間だと思っていたら手助けしたくなるんじゃないかと考えています。母は必ず人に、娘は半分シリア人なんです、とか、シリア人と結婚しているんです、とか言うようにしています。それだけではだめなんじゃないかとわたしは思います。わたしが小さかったころ、大叔母さんがわたしの子守に来てくれていたときに、家に子連れの女の人がやってきました。女の人は大叔母さんにアラビア語で話しかけていて、わたしはアラビア語をそんなに話せないのですが、お金をくださいと頼んでいるのがわかりました。わたしは子供たちをかわいそうに思いました。着ている服は古いし、みんな黙りこんでいたからです。わたしの大叔母さんはお金をあげずに女の人を追い返しました。このことでわかるのは、同じ言葉をしゃべっているだけではじゅうぶんじゃないこともある、ということだと思います。

難民が国家にとってどれだけの負担になるか、そしてまた一方でどれだけの利益となるか、たくさんの研究がなされています。わたしに言わせてもらえば、こんな研究はおかしいです。人が生まれてきたときに、その後の人生でその人にどれだけお金がかかるかとかどれだけのお金を稼ぐだろうかとか、計算したりはしません。わたしは将来、シリア難民だけではなく、世界中の難民を助けるようなことがしたいです。大切なのは、その人がどこの出身かとかどれだけお金を持っているかではないはずです。その人が危険な状態にあるということだけを重要視すべきなのです。手を差し伸べるのは、安全なところにいるわたしたちの義務なのです。

三幕構成による、ある女の子の物語

A Girl in Three Acts

# 一

ガール（女の子）の祖父は妻のなかで死んだ。おじは妻ではない女のなかで死んだ。父さんはモナのなかで死んだ。ガールは自室のドアを閉めてイヤホンをつけていたのだけれど、それでもモナの叫びが聞こえた。ガールのかけてる音楽の音が大きすぎるとか父さんが煙草を吸い過ぎるとかいういつもの叫びとは違っていた。怒ってる感じではなく、ただ怯えていて、モナと父さんが使っている寝室へガールが入っていくと、モナはシーツにくるまって電話に向かってわめいていた。ガールの父さんはベッド脇のカーペットの上にいて、モナがひきずり降ろしたのか勝手に滑り落ちたのかガールにはわからなかった。裸の父親を見るのは初めてで、その横にすわるのは妙な気がしたけれど、ともかくもそうした。父親の頭を自分の膝の上に引き寄せ、髪を指で梳きながら、いかないで、と頼んだ。するとモナがわめくのをやめ、うめいた、「ああ、ママ、ああ、ママ」と電話に向かって。それを聞いたガールは、自分がそうできたらいいのにと思った、自分が感じている悲しみをぜんぶ摑んで、そしてそれを誰かほかの人に話せたら、と。

父さんが死んだあと、ガールはホームに入れられた。来てからもう二年になるが、じゅうぶん気に入っている。気に入らないのはホームの女の子たちを毎日学校へ運ぶロゴ入りのマイクロバスで、ほかの子たちにあれこれ訊かれることになるからだ。SUVとかセダンとかから降りてきたり、すぐ近くに住んでいるので歩いてきたりする子たちに。

「今日は新しい本に入ります」とアドラー先生が言う。「『からすが池の魔女』です」ガールは八年生、ミセス・アドラーが担任だ。ビルケンシュトックのサンダルを履いて銀とトルコ石のアクセサリーをつけていて、ガールを一番前の列にすわらせる、監視している必要があるから、と言って。「あなたはいつも何か企(たくら)んでいるように見える」と一度言われたことがある。ガールはアドラー先生に、去年火災報知器のレバーを押し下げたのは本当に自分ではないと話そうとはしたのだ、ラドウィグ先生の車に悪臭爆弾を仕掛けたのも、六年生のロッカーに魚を入れたのも、ラドウィグ先生が夜の保護者会で重要なスピーチをする直前に先生の眼鏡をトイレに隠したのも。ところがアドラー先生は聞いてくれない。

「これ、バカみたい」隣にすわっているリエンがガールに自分の本を手渡しながら言う。表紙には夜の森にひとりでいる女の子が描かれていて、そっぽを向いているので顔がちゃんと見えていないとはいえ、ガールには、女の子はあまり魔女っぽく見えない。髪がきれいすぎるし、服もだ。本をぱらぱらめくりながら、ガールは要約を見ないように気をつけるが、その上の文章は目に入ってくる。アメリカにはどこか奇妙なところがあった、みんなわかっていて理解しているらしいのに、彼女はそうでない何かが。この文章にガールは父さんが言っていたことを思い出す。西で生きるということについて、そして西を意味するアラビア語が奇妙という言葉とつながりがあることについて。すごいと思わないか？　と父さんは問いかけたものだった。今ガールは、どういう意味なのか訊いておけばよかったと思う。西って方角じゃないの？ それって自分がどこに立っているかによるんじゃないの？

昼食のとき、ガールはリエンとマーシーといっしょにすわってトレイの食べ物をつつく。カフェテリアでは毎日違う文化圏の食事が出る。イタリアン、メキシカン、チャイニーズ、アメリカン。食べ物は実際は同じ柔らかいヌードルで、ソースが変わるだけだとガールにはわかっている。今日はイタリアンで、ソースは赤くて何かごろごろ入っていてケチャップ味だ。彼女は立ち上がってトレイをまたカウンターへ持っていき、給食おばさんのひとりに渡す。「今日はどうしたっていうの？」とおばさんは訊ねる。

「あたし、豚は食べないの」とガールは答える。おばさんは首を振って料理を捨てる。

テーブルでは、リエンとマーシーが自家製ターキーサンドの包みを開き、ミニサイズのチーズ味チップスとチョコがけクッキーの袋を開ける。マーシーは手を伸ばしてガールにチップスを何枚かくれる。リエンはクッキーをくれる。彼女はそれを食べながら、二人が差し出すほかのものは要らないふりをする。食べながら、彼女は父さんのことを考える、ファヒータ（小麦のトルティーヤにのせて食べる肉料理）やラザーニャやカレーをつくっては、どっさりよそって、自分の分をさっさと食べてしまっていたっけ。モナが何度か、どうして一度もシリア料理をつくらないのか訊いたのだが、つくりかたを知らないとか、すごく難しいんだとか言っていた。ガールには、モナがその言葉を信じていないのがわかった。父さんが死ぬ一年まえ、モナはレシピを調べてシリア料理で統一したディナーをこしらえた。断固食べなかったのでどんな料理だったのかガールにはわからないが、いっしょにすわって様子は見ていた。初めて父さんが、ゆっくり慎重にものを食べるところを。でも食べながら喜んでいるのか悲しんでいるのかはわからなかった。

ランチのあと、アドラー先生が、世界の宗教の授業をはじめますと言うが、誰も注意を向けない。マーシーはリエンの髪を編み、ガールはライアン・デラニーがイザベル・ヘニングといちゃいちゃしているのを見まいとする。イザベルの手がライアンに握られていて彼がその上に赤ペンで何か描いているのが目に入ってくる。ライアンはいつもイザベルの体に何か描くのだが、あの子はそれが嫌じゃないんだろうかとガールは思う。そしてまた、イザベルは毎晩あれを洗い落とすのにどのくらいかかるんだろう、どうして彼女のほうは彼の体に描かないんだろう、とも思う。アドラー先生がガールの名前を叫ぶ。何人かの生徒が笑い、彼らから見つめられているのをガールは感じる。

「訊いたんですよ」とアドラー先生は言う、「ムハンマドの昇天についてあなたが知っていることをクラスのみんなに話してもらえますか?」

ライアンはイザベルの手に描くのをやめて、すわったまま体をひねってガールのほうを向く。

「おいおい。馬に乗ったまま天まで昇ってくなんて誰にもできないだろ（預言者ムハンマドは天馬に乗って昇天したとされる）」と彼は言う、「バカバカしい」。さらに多くの子が笑い、イザベルが両腕を組むと、ライアンの名前が手の甲に書かれているのがガールの目に映る。顔がかっと熱くなるのを感じながら、赤ペンの先を嚙み嚙みこっちを見つめるライアンを、彼女は見つめ返す、この距離なら、そうしたいと思えば身を乗り出してあのペンをそのまま彼の喉にグサッと突き刺すことができる、と思いながら。

「あの言葉に反論は?」とアドラー先生が訊ねる。ガールが首を振ると、ライアンは笑ってイザベルに向き直り、それで彼女も笑う。アドラー先生は二人に黙りなさいと言う。「あなたが授業を聞いていないのはわかってましたよ」と先生はガールに言う。ガールは顔がさらに熱くなるのを感じ、何か言いたいと思うものの何も浮かばず、羽のある馬とか天への旅とか、なんならムハンマドのこととか、何か聞いたことを思い出そうとする、でもだめだ。

ガールは父さんから、彼女の祖父は十年以上も司祭になろうと準備していたのだと聞かされた。祖父は十二のときにアラク――酒なんだが、こっちのよりずっと美味い、とガールの父さんは言った――を一本盗むところを両親に見つかった。父さんはまた、ガールの曾祖父母はアラクと音楽とパーティーが大好きだったとも話した、そしてそれがそもそもガールの祖父が飲みはじめたきっかけだったのだ、と。だがもちろん祖父は、自分がやったことは親のせいだとは両親に言えなかったので、それを悪魔のせいにした。サタン自らにたぶらかされたのだと断言し、二度とそうならないという自信はないと言ったのだ。ガールの曾祖父母はひとり息子が地獄へ、それどころか刑務所へ行くのはまっぴらだったので、家から出して寄宿学校へ、それから、信仰生活を送ることができるよう神学校へやった。両親のほうは？とガールは訊いた。両親は飲むのをやめた、と父さんは答えた、とりあえずしばらくのあいだはな、そして家に聖水を撒いた。

なぜ祖父は嘘をついたと認めてしまわなかったのかガールは知りたがった。結局のところ、祖父は好きだったのだ、聖書とか、物語とか、そういうあれこれが。いつの日か主教になって赤いベルベットのケープや金の房を身にまとい、祭壇に立って前に来た人たちにお辞儀されるのもいいじゃないかと考えた。ところが、司祭になろうとしていた矢先、とガールの父さんは話した、彼女の祖父は結婚することになる女を目にした。その女はおめかししていたわけでも男をつかまえようとしていたわけでもなかった、とガールの父さんは言っておきたがった。いや。普段着姿で自分の家の中庭のすぐ外に立って、妹に何かみだらなことを言った隣人を怒鳴りつけていたのだ。

一週間も経たないうちにガールの祖父は教会を離れ、ムスリムになり、ガールの祖母となる女に求婚した。当然のことながら、祖父の父親はその不祥事のせいで心臓発作を起こして死んでしまい、母親は息子を勘当した。彼女が息子と会ったのはそのあと一回きりだったとガールの父さんは語った。何年もあと、彼女が死にかけていたときだ。彼女は病者のためのサクラメントを息子以外からは受けないと言い、息子は承知したのだ。ガールには話のこの部分がいちばん悲しく思えた、彼女の曾祖母はおそらくそんなに長いあいだ、息子に会いたくてたまらなかったのにそう言ってはならないと信じ込んでしまっていたのだ、というそのことが。

学校から帰ると、カウンセラーのロバートが女の子たちに、夕食後に養親志望者のグループがやってくると告げる。彼はそれからガールを脇へ引き寄せて、養子になることを真剣に考えてみる気になっているか、と訊ねる。「あのね、君は頭が良くて美人だ」と彼は言う。「誰の子供でもおかしくないように見えるよ」

ガールは彼を迂回して行こうとするが、彼女が動くと彼も動いてゆく手を塞ぐ。そのあと十分しゃべらせておいてから、彼女は唸(うな)り始める。体を半分に折り曲げ、カーペットの上に倒れこみ、さらに唸る。「生理がきちゃったみたい」と彼女は言う。

ロバートの顔は真っ赤になるが、やっと動いてくれる。「君のやってることはわかってるんだぞ」と彼は言う。「それに、まだ来てないのも知ってる。うちではちゃんと、こういうことは記録をつけているんだ」

彼が立ち去ってくれてガールはほっとするが、ロバートに悪いことをした気もする。彼は自分の母親が死んだとき、母親が好きだった小説なのだと言って数冊を持ってきてくれた。「君のお母さんがそうできていたら、こういうのを君に読ませていたかもしれないと思って」と彼は言った。ほとんどがロマンススリラーの探偵もので、ケンドラとかアリシアとかいう名前の女たちが大半の時間を費やしてジェイクとかイーライとかいう名前の男たちを追いかけるか男たちから逃げるかするのが、ガールは好きになれなかったが、ともかくも読んだ。するとロバートは嬉しそうだった。

夕食後、女の子たちは居間に集まり、そこには三組の夫婦がいて、かわるがわる話しかけてきたり女の子たちそれぞれのことを訊ねたりする。隅で、ロバートがすわって見守っている。「あなたの髪、きれいね」アンという名前の女がガールに話しかける。「どうやってまっすぐにするか教えてあげてもいいわよ」

ガールがアンの髪を見ると、ごわごわ乾いていて枯草のように見える。それをどうやってまっすぐじゃなくするか教えてあげてもいいよ、とアンに言ってやろうかと思うが、ロバートが見張ってるのはわかっている。「そりゃいいですね」と彼女は答える。

ガールの父さんは、ガールの母親に会ったとき彼女の髪は黒い絹織物みたいだったとよく言っていたものだが、ガールが持っている母の二枚の写真では、髪は茂った低木みたいになっている。どちらの写真でも母はそっぽを向いていて、ガールには顔の半分しか見えない。でもそれぞれべつの方向を向いているので、両方の写真をガールが一度に思い浮かべると、母の顔のほぼ全体が見える。

ガールは五歳のころから同じ母の夢を見てきた。夢のなかで、二人は巨大な木にのぼっていて、ガールはついていくのに苦労している。母のところまでのぼるたびに、母はもっと高いところへ行ってしまい、ガールはついていけないんじゃないかと不安になる、自分にはそんな力はないんじゃないかと。母親の指は鉤爪（かぎづめ）のように木の皮に食いこんで、いっときに三、四フィートも体を持ち上げることができるのだ。だがガールの爪はぼろぼろで指先は傷ついている。夢の途中で彼女にはもはや母親の姿が見えなくなり、ひとりでのぼっていかなくてはならない。ついにてっぺんに着いた彼女は、疲れ果ててはいるが怯えてはおらず、両手は乾いた血でおおわれている。

消灯のまえにベッドで『からすが池の魔女』を読みながら、学校の教材本としては悪くない、とガールは判定を下す。読書日誌に彼女はこう記す。この本は祖父の死後バルバドスからアメリカへ移住するキットという名前の女の子の物語だ。彼女が今度やってきた村のピューリタンたちはみんな頭がおかしくて、彼女がおしゃれな服を着ていて泳ぎ方を知っているからといって怪しむ。ガールはちょうど、みんながよってたかってキットを魔女だと非難する場面を読んでいて、みんなはキットを火あぶりにするんだろうか、それとも石で打ち殺すんだろうかと考える。

## 二

「あたし、乳糖不耐症なの」とガールは言う、「それと、猫アレルギー」。新しい養親のアンとマークとの第一日目、どうして自分がこんなことを言ってしまったのか彼女にはよくわからない、ただ、アンがよだれを垂らす灰色の子猫を胸に抱きかかえてキッチンを歩きまわっているのとマークが好きかどうか訊いてくれもせずにグリルドチーズサンドを彼女の皿にのっけたことに関係しているというだけで。

「フライドポテトだけ食べなさい」とマークは言う。彼は立ち上がるとアンの耳に何か囁き、アンは子猫をいっそうぎゅっと抱きしめる。ガールはだいじょうぶだと言いそうになる、猫のミスター・スニッカーズと暮らせるよう慣れるから、と。ところが言おうか言うまいか決めるまえに、アンがキッチンを出ていく。「彼女、あの猫を自分の母親のところへ連れていくってさ」とマークが言う。

ガールはアンとマークの家を気に入る。雑誌に出ているような家をガールに思い起こさせる住まいで、どこもクリーム色と白で、カーペットやクッションや海の絵やガラスの花瓶に生花を活けたものがあちこちにある。家のほかの部分とは違って、ガールの部屋はカラフルで、パープルの壁にピンクのベッドカバー。そしてその朝ソーシャルワーカーといっしょにその部屋に立ったガールは、なぜ何もかもペンキのにおいがするんだろうと思ったのだった。「まえはどんな色だったの？」と彼女は訊ねた。

「同じだよ。新しく塗り直しただけだ」とマークは答えた。彼はアンといっしょに戸口でぐずぐずしていて、有毒なにおいについてしゃべりかけたガールは、アンが両手を固く握りしめて指関節が白くなっているのに気付き、黙ることにした。ソーシャルワーカーが帰ると、アンはガールの荷解きを手伝い、引き出しのなかに子供たちに囲まれた老夫婦の写真が入ってるのを見つけると、それを取り除いて謝った。「わたしの両親と孫たち全員よ」と彼女は言い、ガールは頷いた。

ガールの祖父は死んだとき、ガールの祖母の上にのっかっていた。ガールの父さんはこのことをガールには話さなかったが、友だちには話した。トランプと噂話をしに来てはモナに嫌な思いをさせていた連中だ。ガールは彼らがトランプに興じているときは部屋に入れてもらえなかったが、何を話しているのか聴けるところまでこっそり近づいていた。父さんの話は彼女がとうに知っていることが多かったのだが、まだ知らない話を聞きたかったし、彼女の知っている話をするときに父さんが細かいところをどう変えるのかも聞きたかったのだ。

ガールの父さんは、父親の葬儀のあと、母親が死んだ夫にまだ生きているかのように話しかけているのが聞こえたと皆が断言した、と話した。母親は何を言っていたのかとモナが訊ねると、ガールも知りたいと思った。ところがガールの父さんは答えられなかった。「みんな聞いてたって言わなかった?」とモナは訊ねた。そうだ、と父さんは頷いた。「みんな親父の返事を聞こうと耳をすましていたんだ」

ガールの十歳の誕生日に、父さんは額に入れた彼女の祖母の写真をくれた。父さんが畳んで財布に入れて持ち歩いていた写真を引き伸ばしたものだと彼女にはわかった。元の写真の折り目はこちらでは太い白線となって祖母の顔を斜めに切りつけている。「お前はこの人に似てる。お前は父方の顔だな」と父さんは言った。ガールは首を振った。「違うよ、あたしは母親似」と彼女が言うと父さんはそっぽを向いたが、頷いてた、と彼女は思った。

テレビで、ニュースキャスターの映像がボートに乗っている人々の映像に切り替わる。マークとアンといっしょにソファにすわっているガールは、何艘(そう)ものボートにあんなにたくさんの人が乗っている情景がなぜ写真の引き伸ばしで、ナマ映像じゃないんだろうと思う。画面は人々がボートから降りているシーンになる。みんな濡れている。泣いている人もいる。子供を抱いている人もいる。

「ひどいなあ」とマークが言う。

どうして、とガールは訊きたい、この人たちに何が起こったのか、と。「逃げてるのよ、危険から、戦争から」アンが疑問を察知して教える。「とにかく、この人たちの一部はね」

「あそこにずっといるの？」ガールは訊ねる。「あの浜辺にってこと」

マークは彼女の顔を見て頷く。「そういう人もいる、あの近くにね。移動を続ける人もいる。それに送り返される人も、もといたところがじつはそれほど危険じゃないんなら」

「何が危険か、誰が決めるの？」ガールは訊ねる。アンは肩をすくめ、マークもそうする。

画面では、赤ん坊を抱いた女がかがみこんで額（ひたい）を濡れた砂につけ、地面にキスし、それから赤ん坊にキスし、また地面にキスする。そしてすわると、赤ん坊を抱いていないほうの手を開いて掌（てのひら）を空に向け、唇（くちびる）を動かす。

「かわいそうに、あの人は気が変になったんだな」と、同じ女がまた頭を地面につけ、赤ん坊を腕に抱えたままそれを何度も繰り返すのを見ながら、マークが言う。

「お祈りしてるんだよ」とガールは言う。「あたしの父さんもあんなふうにお祈りしてたよ」

「ああ」とマークは彼女のほうを向く。「それは知らなかったなあ。ならいいんだ、もちろん」彼は咳払いすると微笑（ほほえ）んでみせ、それからアンのほうを向く。

「もちろん、いいわよね」アンもそう言って同じく笑顔になる。一瞬、誰も口を開かず、それからマークがチャンネルを変える。「覚えておいてね」とアンが口を開く。「この家では、あなたは好きなことをしていいのよ、それに好きな格好をしていいんだからね」すると彼女の笑顔にガールは、女の子たちの誰かから恥をかかされるんじゃないかとか、迷惑をかけられるんじゃないかとか不安になったときのロバートの顔を思い出し、そろそろ寝たいんだけど、と言う。

ガールの祖父は本物のイスラム教徒になった、ガールの父さんは好んでそう言っていたが、彼はなおも上の三人の息子を、サミュエル、サミー、サムと父親にちなんで名付けた。世間がどう思ったか考えてみろ、とガールの父さんは言った、三人のイスラム教徒の男の子が聖書からとった名前なんだぞ！　ガールにはわからなかった。それがどうしたっていうの？と彼女は訊ねた、すると父さんは、こんなわかりきったこともないだろう、みたいな顔でガールを見た。四番目の息子であるガールの父親が生まれたころには、ガールの曾祖母は死んでいて、誇りに思ったり腹を立てたりする人はもう誰も残っていなかったので、ガールの祖父はいちばん下の息子である彼女の父さんに、代わりにイスラム教徒の名前をつけた。だから、それが兄たちと俺の違いなんだな、とガールの父さんは話した。

ガールが父さんに伯父さんたちのことを訊くと、父さんは肩をすくめるか話題を変えるかした。父さんが兄たちのことを話すとしたら、それは子供時代の面白い話を彼女に聞かせるときで、みんな若くて、ガールが生まれるうんとまえのことなのだった。何かほかのことを、伯父さんたちは今どこにいるのか、どうして一度も訪ねてきたことがないのか、というか電話さえかけてこないのかといったことを彼女が知りたがると、父さんは答える代わりに目をつむる。ガールには、それは父さんがうんと深いところまで、自分の心のなかをずっと探っているように見えた。父さんが何か新しいものを見つけるんじゃないかと毎回彼女は期待する、そして毎回目を開けた父さんは彼女にべつの話を聞かせた、ずっと昔の遠いところの話を。そして彼女は訊ねるのをやめてしまった。

助手席でアンは全身を震わせているが、しゃべらない。一度、深く息を吸いこんだので、何かしゃべるんじゃないかとガールは思うが、マークの手がハンドルから伸びてアンの手をじっと押さえる。後部座席のガールはスカーフをまとっている、首の周りにではなく髪にかぶって顎の下で結わえている。イヤホンをつけているが、何か言われる場合に備えて音量は下げている、でも二人は何も言わない。バックミラーに映る自分を見つめながら、スカーフをかぶるとやっぱり祖母に似てるな、すくなくとも多少は、と彼女は考える。

　教室で、アドラー先生は話の途中で言葉を切り、彼女を見つめる。先生は何か言いはじめてまた黙り、そして代わりに黙読の時間にしてしまう。マーシーが身を寄せてきて、あたしも髪の上からスカーフをかぶれたらいいのになあ、とガールに言う。「大バカどもがあたしの編んだ髪に触らせてって言わなくなるようにね」とマーシー。アドラー先生は、静かに、と二人に注意して、本を出しなさいと命じる。

　ガールはキットがコロニーに馴染んでいくところを読む。教会は退屈だと思いながらも彼女は日曜学校で教え、ウィリアムという名前の金持ちの男と婚約までする、女の子の全員が結婚したがっている男だ。ところが彼女は日曜学校を面白くしようとして子供たちに聖書の物語を演じさせ、こりゃあ大変なことになるなとガールにはわかり、そしてそうなる。学校は閉鎖され、キットは森へ逃れる。彼女はそこでハナという、クエーカー教徒であるがゆえに植民地集落には入れてもらえない女と出会う。こうなったらキットにとっていちばんいいのはハナといっしょに森で暮らすことだとガールにはわかるが、また同時にキットがそうしないだろうということもわかる。

　昼食の時間、みんな互いにつつきあってはカフェテリアを歩くガールを見つめる。マーシーがそんな子たちに向かって舌を突き出すと、向こうは目をそらし、リエンは何人かに中指を立ててみせてマーシーとガールを笑わせる。いちばんじろじろ見つめてくるのがライアンのテーブルの子たちで、ガールの目の隅にイザベルが映る。もっと小さかったころ、イザベルのママが二人を学校へ送ってくれて、ガールの父さんが二人を迎えに来て公園へ連れていったりアイスクリームを食べさせてくれたりしていたことをガールは思い出す。お泊り会のことや、プールへ行ったこと、どこへ行くにもイザベルと手をつないでいたことを思い出す。

カウンターで、給食おばさんのひとりがガールを見るや首を振る。「頭にかぶってるそれは何?」とおばさんは訊く。

「一種の実験なの」とガールは答える。おばさんはわかってるかのように頷き、ガールがチョコレートミルクを二つ頼むと、おばさんはくれる。

ガールがライアンのテーブルのところまで行っても、彼らはすぐには気が付かない。そして気が付くと、イザベルの目が大きくなって、そっぽを向く。「チョコレートミルク要る?」とガールは彼女に訊ねる。

「あっち行け、ダメ女」とライアンが言う。

「要る?」ガールはもう一度訊ねる。

「あっち行けって言ったんだぞ、オサマめ」とライアンが言い、仲間たちもいっしょに笑う。

「ミルク置いて、行きなさいよ」イザベルが言う。

「うちの父さんが死んだの、知ってた?」ガールが囁く。イザベルの目が悲しげになり、ガールは、いいの、だいじょうぶ、受け入れるのが辛いだけ、と言いたくなる。「なんでそいつらとつるんでんの?」と代わりに訊く。イザベルの目が元に戻るのをガールは見つめる。

「それほど悪い人たちじゃないよ」とイザベルは答える。「ともかく、バカやってんのはあんたでしょ」テーブルのほかの誰かが何か言って、みんなが笑い、ガールは歩み去る。

自分のテーブルに戻ると、ガールはリエンが手にしているサンドイッチに首を振ってみせるが、リエンはそれでも彼女の前に置く。「あっちでいったい何やってたのよ？」とリエンは訊ねる。

「あの子がかわいそうでさ。あの連中といるとあの子いつも惨めに見えるんだもん」

リエンはやれやれという顔をする。「ねえガール、彼女は本人がいたいと思ってるところにいるだけだよ」とマーシーが言う。マーシーの言うとおりかもしれない、でもやっぱり、それが何かはわからないもののそうとは言い切れないものがあるとも思う。

「もういっかい行ってくる」と、ガールは立ち上がる。

またもライアンのテーブルで、顔が火照るのを感じた彼女は、離れるんだ、自分のテーブルに戻るんだ、と自分に言いきかせる。だがもう遅いとわかっている。そしてあの連中が何か言うか笑うかするまえに、ミルクの紙パックをテーブルにどんと叩きつけ、パッケージが破裂するのを見つめる。ライアンが叫び声をあげてぱっと立ち上がるが、遅すぎる。彼の腕にチョコレートミルクが飛び散り、白いTシャツのところどころが茶色くなる。彼の仲間たちはわめきはじめ、これは校長室へ行かされるだろうとガールにはわかっているので、自分から行くことにする。カフェテリアのドアまできたとき、最後にもう一度振り返ると、イザベルがライアンを手伝って拭いてやっているのが目に映る。

放課後、マークがガールを迎えに来て、いい知らせと悪い知らせがあると言う。「君の伯父さんが君を探しているらしい」と彼は告げる。

「伯父さんは死んでるよ！」とガールは言うが、それからまだあと二人いるのを思い出す。

マークは笑う。「声は元気でぴんぴんしているように聞こえたけどな。あのね、伯父さんは君のことをもっとよく知りたいそうだ。君の法的保護者になって、伯父さんや伯父さんの家族といっしょに暮らさせたいんだって」

ガールは理解しようと努めるがだめだ。「伯父さんのこと、知りもしないんだよ」とガールは言う。彼女はマークを見るが、彼は前方の道路を見つめている。振り向いてこっちを見てよ、と彼女は念じる。

「心配しなくていい。この学年が終わるまでは僕たちのところにいてかまわないって言ってくれてるんだ。みんなそれがいちばんだと思ってる。だけど、この週末、君に飛行機でミルウォーキーまで来てくれないかってさ」

ガールはマークに訊ねたい、伯父さん本人と話したのか、どんな感じだったか、一度も訪ねてきたことがない理由を話したか、伯父さんは彼女を好きになってくれそうだとマークは思ったか、と。

「で、悪い知らせって？」彼女は代わりにこう訊く。

「君が行ってしまうのは寂しい」と彼は答える。「もっと長くいっしょにいられると思ってたんだ」

ガールは胸が詰まるのを感じる。窓越しに、木で小さな鳥が飛び立とうとするかのように翼を広げるのが見える。ところがまた閉じてしまう、とても鮮やかな羽が黒っぽい羽の下へ消え、鳥は隣の枝へひょいと跳ぶ。

ガールの伯父のサミュエルは、死んだとき、妻ではなく愛人といっしょだった。この話は父さんがモナに話すのをガールが聞いていたのだ。夕食を食べに行った二人は遅くに帰宅し、ガールはソファで寝たふりをしていた。二人がキッチンにいる物音が聞こえ、父さんが氷を砕いて飲み物を注ぎ、そして二人が居間に入ってくると、彼女はじっとしたまま、父さんにベッドへやられませんようにと祈った。ガールを起こすようモナが言うと、父さんはそうせずに敷物の上にすわり、横にすわれよとモナに言った。

　サミュエルはバイアグラとコレステロール低下薬を混ぜたのだということをガールは知った、父さんの言うお楽しみのために、そして愛人というのはじつのところ娼婦だった、と。ガールの父さんはまた、ガールの伯父の下から抜け出した愛人が、煙草を一本吸ってから助けを求める電話をかけたのだということも話した。サミュエルが死んだあと、彼の妻はひとり娘を連れてウィーンへ移住した、妻の女きょうだいがそこで暮らしていたのだ。だがそれはまず愛人を見つけてからのことだった。ガールの父親の話では、伯父の妻と愛人は何時間も話をした、一晩じゅう、そして次の日までずっと。どうしてそんなことを知ってるのかとモナが訊ねると、父さんは答えた、「誰でも知ってたさ！」。二人はなんと連絡を取り続けたのだと父さんは話した。長距離電話や何枚も綴られた手紙。スキャンダルになったのだ、と父さんは語った。ところが、手紙には何が書いてあったのかとモナが訊くと、父さんは知らないのだった。ガールはソファに横になってじっと動かないようにしながらも、答えを知りたくてたまらなかった。どんなことを手紙に書いているのか、どうして誰も女たちに訊ねなかったのだろう。彼女は知りたかった、二人はどんな話をしたのだろう？

# 三

ミルウォーキーの空港で、ガールはおそろいの服を着た五歳と七歳くらいに見える二人の女の子を連れたヤギひげの男に迎えられる。男はガールの苗字と名前を書いた紙を持っていて、周囲からあの紙と男に結び付けられると思うと、彼女は身がすくむ。ガールを見ると、男は紙を横に投げ捨て、彼女を抱きしめて、娘たちにも同じようにしなさいと言う。彼は身をかがめて三人をいっしょに抱きしめ、あまりにしっかりぎゅっと力を込めるので、ガールは息ができない。

車に乗ると、小さな女の子たちは後部座席で金切り声をあげ、ガールの伯父は二人に負けじと声を張り上げてしゃべるが、ガールは聞いていない。伯父が父さんにそっくりだということばかり考えている、あのヤギひげやちょっと灰色が混じっているところも、光に細める目も。息を吸い込むと鼻が広がり、there と言うときに zere と聞こえる。彼女は窓を下げて頭をドアにもたせかけ、車が走るにつれて冷たい空気が顔にあたるようにする。「だいじょうぶか?」と伯父が訊ね、彼女は、はい、と答える。

心臓発作を起こすとどうなるのだろうかとガールは考える。大動脈が詰まって酸素が通らなくなる。酸素がないと、筋細胞と筋組織が壊死(えし)しはじめる。発作を生き延びることもあると彼女は知っている。皮膚(ひふ)の傷のように筋肉も治癒(ちゆ)でき、そして傷のように、損傷部分には傷痕が残る。だがそのあと、心臓はまえほど強くはない。あまり強く、あまりたくさん鼓動はできない。生き延びることなどまったくできないことがあるのもガールは知っている。その場合、心臓はただ干上がって死ぬ。

一家は半日をショッピングモールで、もう半日をテレビの前で、しゃべる動物の映画を観て過ごす。ブタがおならしたり鳥が木のなかへ飛び込んだりするとガールの伯父がいちばん大きな声で笑い、映画の途中でガールの伯母が、ガールはそれよりもアルバムを見たいんじゃないかと問いかける。

二階で、寝室のカーペットにすわりこむと、伯母はガールにページをめくらせてくれる。ほとんどは若い頃の伯父や、結婚式のときの伯母と伯父の写真だ。だが、アルバムの後ろのほうには、色の褪(あ)せた、あるいはぜんぜん色のついていない何枚かがあって、伯母は四人の男の子が並んで立っている一枚に触れる。互いに腕を組んでいて、そっくり同じ笑顔だ。「ほら」と伯母は言って端にいる男の子を指さす、ボールを抱えてカメラを見つめている子だ。

ガールは自分の父さんでもあるその男の子を眺めながら、写真を撮ったときどんな気分だったんだろうと考える。きっと暑かったのだろう、顔がつやつやしているから、それまで遊んでいたのだろう、走って汗をかいて、そうしたら、ちょっとやめてじっと立ってなさいと言われたのだ。男の子の笑顔は大きくて顔じゅうに広がっている、丸い頰にも目にも。男の子たちの背後の路地はほとんど彼らの体で隠れているが、どんな様子なのか知りたいと彼女は思う、何もかもがどんなだったのか、そうしたら父さんの気持ちがわかるかもしれない。「一度も帰らなかったこと、父さんは悲しんでいたと思う？」と彼女は訊ねる。

「わからないわねえ」と伯母は言う。「あなたはお父さんが悲しんでいたと思う？」

ガールは肩をすくめ、数ページ戻って、司祭が赤ん坊を抱えている写真を指さす、それからもう一枚も。「あなたのいとこたちの洗礼式よ」と伯母が言う。ガールは混乱しているのを顔に出すまいとするが出してしまい、伯母が気づいているのがわかる、そこで説明を待つ。「あのね」と伯母は話す。「あなたのおじいさんはキリスト教徒だったの。だからあなたの伯父さんもキリスト教徒になった。あなたのお父さんもキリスト教徒になった。わかる？　父親から受け継がれるものなの。誰が改宗したかとか誰が誰にどういう名前をつけたかとかはどうでもいいの」ガールはちゃんとわかる。このせいで父親と伯父が口をきかなかったのだとわかる。だけどわたしの母さんは？　と彼女は訊ねたい。母さんは何を信じてたの？　だが、伯母は、たとえ知っているとしても教えてくれないだろうと感じる。「明日はあなたを教会へ連れていってあげる」と伯母が言う。「気に入るかも」

教会では、礼拝はアラビア語で行われ、ガールにはまったくわからない。ローブをまとった男たちと少年たちが通路を行ったり来たりし、そのうち何人かは煙がもくもく出ている銀のボールのついたチェーンをゆっくり振っていて、誰もが疲れた顔をしている。

礼拝が終わるとみんな立ち上がって出ていこうとし、ガールもそうする。「待ちなさい」と彼女の伯父が言う。伯父は彼女に腕を絡(から)めると、教会の奥へ連れていく、椅子が並んでいて黒板があり、彼女の半分くらいの年の子供たちの集団がいる部屋へ。伯父は部屋にいるただひとりの大人――眼鏡をかけてちくちくしそうなウールの服を着た男――にアラビア語で何か言い、彼女に笑顔を向けてから出ていく。伯父を追いかけて出ていって、教会のまんなかでわめいて怒鳴ったらどんな気分だろうと考えていると、彼女と同い年くらいの子が入ってくる。その男の子はダニーという名前で十四なのだと彼女に自己紹介する。ＢＢ銃撃ったりフットボール見たり女の子とキスしたりしてるほうがいいんだけど、とも話す。「だけどうちの母親がちょうど神を発見したところでさ」と彼は言う。

「神はどこに隠れてたの？」とガールは訊く。

「皆さん、静かにしてください」と眼鏡をかけた男が言い、それから本を開くとアラビア語で読みはじめる。ガールは時計を見上げて自分が乗る便までの時間を計算する。翌日のことや学校のことを考える、マークとアンのこと、リエンとマーシー、ライアンとイザベル、アドラー先生のこと。自分の父さんのこと、祖父と伯父たちのこと、祖母と自分の母親のこと。彼女の思いはいつも母親に行きつく。

ガールの父さんはガールの母さんに会ったとき、モナと結婚していた。父さんはダマスカス出身でガールの母さんはラタキア出身で、二人はラスベガスで出会い、母さんはガールが生まれてすぐに死んだ。ガールが知っているのはこれだけ。もっと話してと父さんに頼むたびに、父さんが聞かせてくれるのはダマスカスのことや彼女の祖父母や伯父たちのこと、彼女の知らないほかの人たちのことだけなのだった。何度も何度も彼女は想像してみた、モナが知ったときはどんなだったんだろう、ガールの父さんが赤ん坊を腕に抱いて家に帰ってきたときはどんなだったんだろう、と。しばらくのあいだ、モナはさいしょは甘やかしてくれたのではないかとガールは思っていた、スカートをはかせてボンネットをかぶらせて、ベビーカーに乗せて近所を押してまわって、もちろんガールは自分の娘だと言っていたのではないか、と。でもガールは今ではそんなことはあり得ないとわかっている。なぜならあとになって、ガールがもっと大きくなってから、モナがガールの父さんに、ぜったい許さないから、と言っているのを何度も耳にしたのだ。ガールがそばにいるのがわかっていてさえそう言うのだった、聞こえているとわかっていてさえ。

ガールの父さんが死ぬと、モナはついにガールはぜったい自分の娘じゃないと心を決めた。ガールに身内はいないのかとソーシャルワーカーは訊ねたが、モナもガールも伯父たちがどこにいるのか、そもそもまだ生きているのかどうかさえ知らなかった。ガールにできたのはソーシャルワーカーに母親の二枚の写真を見せて、両方を一度に思い浮かべると完全な顔が見えやすくなる、母親が実際にどんな顔だったのかわかりやすくなると説明することだけだった。ソーシャルワーカーはモナの説得を試みた、彼女がそんなふうに思うのは普通のことで、そういう思いはすぐに消える、と。でもガールには消えないとわかっていた、モナはガールにそれまでずっと向けていたのと同じ目を向け続けていたからだ。ガールが何か重いものでであるかのような、血管にできるプラークみたいに、いつの日かモナの心臓もダメにしてしまんだろう、とでも言いたげな。


キスしたいかとダニーに訊かれて、ガールは考えてみてから「うん」と答える。司祭のオフィスには、迎えが来るのを待っている彼ら二人だけで、彼は自分の椅子を彼女の椅子に近づけて身を乗り出す。彼の唇が柔らかい感じなのは気に入るが、息がオニオンリングみたいなにおいだし、舌を動かすのがあまり上手くない。彼は舌を彼女の口に押し込むと両頬に押しつけ、喉のほうへ向けるので、彼女は体を離す。「息ができなくなるじゃない」と彼女は言う。

「ごめん。もういっかいやってみていい？」彼が可哀そうになって、「いいよ」と答えると、こんどもたいしてましにならないので、彼女がまたも体を離そうとしかけたところへ司祭の助手が入ってくる。彼は二人をアラビア語で怒鳴りつけ、顔が真っ赤になったので、二人は笑いをかみ殺そうとする。ガールは助手が気の毒になり、遮ろうとする。「何言われてるか、あたしたちわからないんだけど」と言っても、助手は耳に入らないか聞こうとしない。

空港へ向かう道すがら、ガールの伯父はひたすら聖書を引用し、伯母は後部座席にすわって子供たちの耳を覆っている。ターミナルの近くまで来ると、伯母の手がガールがすわっている助手席の後ろから伸びてきて彼女の肩をぎゅっとつかみ、ここにいたい、とガールは言いたくなる、どんな教会でもマスジッド（モスク）でもパゴダでも拝火寺院でも行くから、家に置いてもらえるなら、と。だがその一瞬は過ぎ去り、伯母は手をひっこめ、またも伯父の声が車に響き渡る。「あなたがたは、自分の体がキリストの体の一部だとは知らないのか。キリストの体の一部を娼婦の体の一部としてもよいのか。決してそうではない！」（新約聖書コリントの信徒への手紙一、六章一五節）

飛行機で、男がガールに息子の隣にすわりたいので席を代わってくれないかと訊ねる。男が指さす隣の席のほうを向きながら、ガールは移動しようと思うが、九つか十くらいに見える男の子は自分のiPadを見ている。父親がどこにすわろうが気にしてはいない。彼女が「いやです」と断ると、男は驚いた顔になり、もう一度訊ねる、そしてこんどは、男の問いかけは問いかけには聞こえない。自分は窓際の席じゃないといけないんだと男に言いたい、そうじゃないとなぜか胸が苦しくなるんだ、飛行の最中に機内のこの場で心臓発作を起こしたらあんたのせいだからね、と。子供の心臓だって止まることがあるんだ、と言ってやりたい。だがそのとき、男の子が父親を見上げ、それから彼女を見る、そんなふうに見つめられるとあれこれ考えられないので、彼女は立ち上がって席を譲る。「ありがとう」と親子はそろって言うが、彼女は聞こえないふりをし、新しい席にすわって本を取り出して読む。

『からすが池の魔女』では、悪い病気でたくさんのピューリタンが死に、そのせいでキットが困ったことになる。キットは病気となんの関係もないのに、それでもキットのせいにされるのがガールには腹立たしい。でもあまりにたくさんの人が死んでいき、誰にも理由がわからず、みんなしょっちゅうキットのことやキットの服のこと、キットが泳げることを考えてきたので、とつぜん、彼女は魔女で彼らを悩ませるあらゆる問題の原因なのだと思い当たってしまうのだ。ガールは、キットが殺されたら悲しくなるほど彼女のことが好きというわけではない。でもすくなくとも誰かにこのくらいのことは言ってほしい、ねえ、こんなのどうかしてますよ、確かにキットはおしゃれな服を着ていて、お高く止まってて、いつもつまんないクエーカー女とつるんでるけど、そんなのどうってことないじゃないですか、と。

手荷物受取所でマークが待っているだろうとガールが思っていると、代わりにアンがいて、落ち着かない顔をしている。髪は梳かしていないし、目はぼうっとしている。高速道路を彼女はのろのろ運転し、クラクションを鳴らされても気がついていないみたいだ。互いに何もしゃべらないでいて、家の近くまで来ると、アンはガールのほうを向いて微笑もうとする。「ご家族と再会できてよかったわね」と彼女は言う。

ガールは答えなくてもすむよう頷く。そして車庫に入って扉が下りてくると、ガールは言う。「どうしてあなたとマークは子供を作らないの?」しばらくのあいだアンはすわったまま返事しないが、それから泣きはじめる。ガールはごめんなさいと言いたいが、車のなかは暗く、車庫の窓から差し込む玄関灯にアンの顔は陰になっていて、ガールはその顔を自分の母親の顔だと思うことにする。

翌日の授業で、アドラー先生は世界の宗教についてのディスカッションを続け、ガールはなんとかちゃんと聞いていようと頑張る。「つぎです。仏教」とアドラー先生は言う。「リエン、ダルマ（法）について知ってることをわたしたちに話してもらえるかしら？」クラスの全員がリエンの顔を見る。マーシーはガールに、ほら行くぞ、みたいな顔をしてみせる。ガールは疲れていて、午前中ずっと気分が悪い。アドラー先生の声が耳をひっかき、体がかっと熱くなるような気がする。

「だから、わたしたちはそれぞれ体と心を持っていて、心は体のなかに住むことができたりできなかったり」とリエンは話す。「そして心に起こることはその人のカルマ（業）に左右されます。たとえば、人助けをしたらよいカルマを持ちます、でも、ひどいワルだったら、その人のカルマはぜったい悪いです」何人かの子が笑うけれど、アドラー先生はうんうんとうなずく。ちゃんと聴いてるんだろうかとガールは思う。リエンは深く息を吸ってさらに続けようとし、ガールは腹が誰かに絞られてるみたいにねじれるのを感じる。「そしてニルヴァーナ（涅槃）はダルマと関係しています、その人のダルマが善ならばニルヴァーナに到達できるからです」とリエンは話す。

　ガールが手を上げると、リエンは話すのをやめ、アドラー先生はガールのほうを見るが、声はかけない。「続けてちょうだい、リエン」と先生は言う。だがリエンは続けず、代わりにガールの顔を見てうなずく。

「リエンはただ言葉を並べてるだけです」とガールは言う。「彼女のお母さんはユダヤ人でお父さんは無神論者で、彼女はＵＦＯを信じてます。ああいうのぜんぶアニメに出てくるんです、イエス・キリストとブッダが日本のアパートでいっしょに暮らしてて」

「すごく面白いアニメです」とマーシーが言う。

「あなたたち！」アドラー先生が叫ぶ。

「それと、キットは偽善者です」とガールは言う。火照ってくらくらして、しゃべらせてさえもらえればアドラー先生からどんな目に遭わされようがかまわない気分だ。「ずっと考えてたんです。本のはじめではキットは悲しんでいます、豪華な農園を離れて奴隷なしで暮らさなくちゃならないから。でも、本が終わるころには奴隷制は悪いとわかるようになっているけれど、それでもまだインディアンを野蛮人と呼んでいて、必要ならぜったい殺してしまうだろうと思います、村人たちが彼女を殺したがったのと同じように」

「いったい何よ？」とリエンが言う。「彼女が奴隷を持ってるはずないでしょ。キットはバルバドス（カリブ海、西インド諸島の島国。イギリス連邦の一員）出身なんだよ。マーシーのお父さんはバルバドス出身だよ」

「ええっと、あのさ。彼女は白人なの」とマーシーが言う。

「バルバドスに白人がいたなんて知らなかった」とリエン。

「もうたくさん！」アドラー先生が言う。先生はガールを指さし、それからドアを指す。「校長室へ」


ガールのシャツの腋の下には汗が染みだし、胃が痛み、彼女の番が来るまでに校長と会う生徒はあと五人いる。保健室の隣の待合所ですわっているよう言われた彼女が保健の男の先生に、トイレへ行っていいかと訊ねると、そこにそのままじっとしているようにと言われる。ここで、机や椅子や床の上に吐いちゃいそう、と脅してはじめて先生は鍵を渡してくれる。

彼女は便器にかがみこんで吐こうとするが、だめだ。とにかくどこか涼しくて静かで誰もいないところで横になりたい。パンツを下ろしてすわるが、何も起こらず、痛みの波が体を駆け巡る。そのとき下を向くと血が一滴ずつ滴(したた)って水に溶けている。波は強くなって内臓にぶつかり、血の滴りが早くなってしまいに雫(しずく)が繋がって糸になるのを彼女は見守り、手を伸ばしてそれに触れる。普通の血よりも粘り気があって糊(のり)のように手にくっつく。「もう出てきなさい」保健の先生がドアの向こうから叫ぶ。ガールは目を閉じ、どんどん深いところへいこうとする、父さんの声や話を通り過ぎ、父さんが残したものへと、父さんの言葉のあいだへと。なぜモナに憎まれなくてはならなかったのかということへ、なぜ彼女の母親は死ななくてはならなかったのかということへ、なぜ一家の男たちは女のなかで死ぬのかということへ、そして、なぜ、男たちが死ぬと、消えるのは女たちのほうなのかということへと。彼女は目を開け、そこでそのまますわっている、保健の先生がドアをノックし、それからガンガン叩くなかで。きれいに拭いてから、家へ帰らせてくれと頼もうか、誰が迎えに来てどこへ連れて帰ってくれるんだろう、と考える、血とともに訪れる痛みとそうじゃない痛みについて。指を拭(ぬぐ)ってトイレットペーパーの上で乾く血を見つめる。誰の血であってもおかしくないと彼女は考える、あたしのとかあたしの母親のとかじゃなくても。アンのであってもいいし、アドラー先生のであっても。伯母や祖母のものであっても。モナのでもいいんだ。トイレットペーパーを長くちぎったのを畳んで脚のあいだに当て、パンツを引き上げて手を洗う。

　ドアを開けると保健の先生が目の前に立っている。背が高くてずっしりした体が戸口をふさいでいる。だが彼女は先生が何を言っていようと気にしない。先生の言葉を無視して突き進む。「いいかげん黙れ」と彼女は言い、振り返ると先生の顔は真っ赤でびっくりした目だが、悪かったとは思わない。いい気分だ。わたしはだいじょうぶだ。

# 謝辞

本書を刊行できたのは、短篇なるものの意義を擁護し、長年にわたってわたしの執筆を支えてくれた方々のおかげです。ブリッドポート賞、ブリストル短篇賞、ノーザン・ライターズ賞、エナイザガム文学賞、作家協会賞、そしてデボラ・ロジャーズ基金に感謝します。「カナンの地で」の編集に尽力してくれたクワメ・ドーズに感謝を。ランカスター大学に感謝いたします。ジェン・アッシュワースのフィードバックと洞察は重要な見直しに繋がりました。書き続けるようにと言ってくれたロバート・アラン・ジェイミソンとアリス・トンプソンに感謝を。

ピカドールの卓越した担当編集者アンサ・カーンの思慮に富んだ入念な編集に感謝します。アメリカの担当編集者であるトゥー・ダラー・レイディオのエリック・オベノフとイライザ・ウッドーオベノフは夢の協力者となってくれました。わたしを見つけ出して導いてくれたエージェントのジュリエット・ピカリングに、そしてまたブレイク・フリードマン社のサミュエル・ホダーはじめ皆さんにも感謝します。インクウェル社のキム・ウィザースプーンとマリア・ウィーランに感謝を。本書の表題作はドクター・サラ・グアルティエリの著書 *Between Arab and White* におけるなくてはならない見事な研究から着想を得、情報を与えられています。

わたしにさまざまな話を聞かせてくれ、わたしの話を聞いてくれた女性たち、ロージー、ケイト、ジャネール、ジャクリンにはとりわけ感謝しています。わたしの姪、ロラとアラナに感謝を。きょうだいたちにも。そして、わたしたちがなおも語る必要のある物語を形作る手助けをしてくれた母と祖母にも。

オゴルマン一家には、その思いやりと支援に特別な感謝を。そしてアラン、お茶を淹れてくれ、安息の場を見つける手助けをしてくれてありがとう。

# 訳者あとがき

二〇二〇年に刊行された短篇集『マナートの娘たち』（原題：Alligator and Other Stories）が初の著書となる作家ディーマ・アルザヤットは、シリア、ダマスカスで生まれ、七歳のときに両親とアメリカに移住、カリフォルニア州サンノゼで成長した。住んでいたのは移民の多いコミュニティで、英語が流暢ではない親を持つ学校友だちも珍しくなかったため、あまり自分の出自を意識することはなかった。他の土地に出て初めて、アラブ系アメリカ人としての自分の「他者性」にいやでも気づかされるようになったという。

カリフォルニア大学サンタバーバラ校で映画と経済を学び、コロンビアとエクアドルを経てイギリスへ。エジンバラ大学で創作の修士号を、その後ランカスター大学で創作の博士号を取得、現在はアメリカに戻り、ラドクリフ大学でフェローとして、アラブ系アメリカ人の歴史、文化、アイデンティティを研究しつつ次作に取り組んでいるようだ。ちなみにコロナ禍によるロックダウン中に母親になったとのこと。

博士号取得を目指しつつ書いてきたのが本書に収められた短篇群で、イギリスではすぐにピカドールから出版のオファーがあったものの、本国アメリカでは、シリアの物語も難民ものもすでに出しているから、とか、あなたの作品はそのどちらでもないから駄目だ、とか言われて、引き受けてくれる出版社がなかなか見つからなかった。ようやくトゥー・ダラー・レイディオという小さな出版社が、移民系作家の作品に期待されがちなステレオタイプに抗うものだと認めて刊行してくれることになった。

出版業界は移民系作家に、各々の文化を代表し、それをメインストリームの白人読者に口当たりがいい形で提供することを期待するが、そんなのはまっぴらだ、ならばその「文化」をうんと複雑なものにしてやろう、と思いながら書いてきた、とアルザヤットは言う。

本書に収められた物語は、自分が本来属していた場所とは違うところで生きる、あるいは生きざるを得ない人々を描く。社会集団であろうと民族集団であろうと、そこに属してはいない、あるいはその境界にいる人たちには貴重な視点が備わる、とアルザヤットは考える。排斥されたり抑圧されたりすると、自分のアイデンティティがはっきりしてくる。何かにぶつかると、自分は違うのだ、自分はここには属していないのだということがわかり、それはけっして悪いことではない。外側にいるほうが物事がはっきり見えるし、属する、ということの代価や、自分がその代価を払いたいのかどうかということもわかるのではないか、と作者は言う。

アイデンティティとは普通考えられているよりももっとずっと複雑なものなのだということを示したい、という作者は、「一般に考えられるアラブ系アメリカ人像、ひいてはアメリカの短篇小説を、より複雑な、より様々な色合いに富んだものとする多様な声を提供できていれば幸い」（GQ誌インタビューより）だと、本書について語っている。

スタイルも語り口も多様、視覚的効果を生かしたものもある各短篇をご紹介しておく。

**浄め（グスル）**

姉が弟の遺体を浄める。本来これは同性の仕事なのだが、姉は自分がやると主張したのだ。大人の体となった弟を浄めながら、過去の記憶が姉の頭を去来する。姉弟の父は祖国で無残に殺され、祖父も連行されたようだ。残された一人息子を守ろうと一家はアメリカへ移住したのだろう。だがここでも暴力は存在し、弟は結局命を奪われてしまった。余白に重い悲しみを漂わせる一篇。

## マナートの娘たち

アメリカの女の子として成長してきたアラブ系移民二世の「わたし」の一人称の語りと、「わたし」の伯母ザイナブの型破りな人生の物語、ある朝不意に窓から飛び降りた女が空中でイスラム教以前にアラビア半島で信仰された女神たちと出会う、つぎつぎ人称を変えた幻想的な文章の三種類が交互に入り混じる。現代社会を果敢に生きる「わたし」、イスラム社会の枠からはみ出した伯母のザイナブ、伝統的価値観に忠実に女の役割をまっとうした祖母、そんな女たちの様々な生き方に、宙に身を投げる疲れて傷ついた女たちのイメージが重なる。空中を漂うその先には、思いがけない明るい景色も見えてくる。

## 失　踪

一九七九年にニューヨークで実際に起こった六歳の少年の失踪事件を基に立ち上げられた物語。語り手の一家がアラブ系移民だということは、母親がファイルーズのレコードを聴いていることから察せられるだけだ。障碍（しょうがい）をもつ弟に対する語り手の少年の屈折した感情と、なんとしても世間から守ろうとする母の思いが絡（から）み合って、深い余韻（よいん）を残す。

## 懸命に努力するものだけが成功する

#MeToo運動以前の映画産業で、勤勉と努力によって出世することこそ人生の目標だと思い定めて頑張ってきたアラブ系女性リナが、ハラスメントをきっかけにそれまでの生き方に疑問を感じ、方向転換する。アラブ系には見えない容姿である、ということが自分に有利に働いていると彼女が自覚している点に、アラブ系移民の立場が窺える。後年、ニュースを見ながら過去を振り返るリナがかつての自分に言ってやりたいと思う言葉が鮮烈だ。

## カナンの地で

イスラム教では忌まれる同性愛者、ファリドの物語。アメリカで暮らす彼は、本来の自分を押し隠して妻と息子がいる。妻子を愛しながらも真の自分を抑えつけているのは苦しい。

## アリゲーター

原書の表題作で、ちょっと他に類を見ない野心的な作品。作者が論文執筆のための調査で見つけた、一九二九年のフロリダで実際に起きたシリア・レバノン（レバノンはフランス委任統治領シリアの一部だったが一九四一年に分離し四三年に独立した。東方典礼カトリック教会の一派であるキリスト教マロン派が多い）系移民夫婦のリンチ殺害事件を基にしている。残された子供たちの行く末やその先の世代について考えるうちに、空白部分を想像で埋めて作品化するに至ったそうだ。アメリカでリンチといえば黒人に対するリンチを無視するわけにはいかない、さらに先住民の虐殺にも目を向けなくては、というわけで、実際の新聞記事や、虚実取り交ぜたさまざまな文書、リアリティー番組の台本に実在の動画の字幕までを組み合わせた作品が出来上がった。床に並べて、全体の効果を考えて配列したという。たとえば、作者の創作である州知事宛の手紙の後には実際の黒人リンチ事件の新聞記事が続き、国勢調査では白人に分類されるシリア人夫婦（妻は妊娠していたようだ）がリンチで殺されたことに憤慨するシリア人たち（及び世間一般）が、黒人のリンチ事件には知らん顔をしていたかもしれないことが示される。

読み進むにつれ事件についての当局側の説明が嘘だったと明らかになり、真相がわかってくる。殺された夫ジョージのいとこジョゼフ夫婦が四人の遺児を引き取って違う土地に引っ越し、育て上げるのだが、このいとこ同士の生き方は対照的だ。ジョージ夫婦は、自分たちは立派なアメリカ市民だと考え、納得のいかないことには抗議する（そのせいで殺された）。一方ジョゼフは見ざる聞かざる言わざる、子供たちにも事件を忘れて周囲に同化して生きるようにさせる。その結果が、殺された夫婦の孫、スティーブン・モレリだ。狩猟中の語りやｅメールで登場する彼は、差別意識むき出しの保守的南部男の典型として描かれる。そんなスティーブンは、猟のさなかに先住民の末裔らしい男女と遭遇する。

全体から浮かび上がるのは、まずは当時のフロリダという土地の暴力性だ。先住民を虐殺し追い払って白人たちが住み着き、黒人に対するリンチが頻繁に起きる。ラルフ・エリスンの凄惨な短篇「広場でのパーティ」を思い出させる光景が描かれた、リンチ目撃がトラウマとなっているらしい患者の口述記録が挿入されているが、公衆の面前で行われることも珍しくはなかったのだろう。今大きなうねりとなっているＢＬＭ（ブラック・ライヴズ・マター）運動の背景の根深さが思われる。ただし作者は、差別される側を無垢なものとしては描かない。シリア人は自分たちを白人として他の有色人種から差異化し、共に抑圧されながら黒人や先住民のなかにも差別意識があったことが窺える。人間というのは、「自分たちとは違う」ものを差別しないではいられないようだ。

ちなみに、実際のロミー夫婦のリンチ事件に関する動画『The Romey Lynchings: A Story of Lebanese Immigrants』が公開されている。https://www.youtube.com/watch?v=2gb8cP1Eiuk

### サメの夏

衛星放送チャンネルの申込みを受けつける販売フロア。語り手は顧客からの電話を受ける販売員。ヨルダン人の両親を持ちながらアラビア語はほとんどわからず、目的のないまま夜学に通っている。世間ではこの夏、サメ被害の話で持ち切りだ。そんなある日のいつもの職場で、テレビの画面にニューヨークのビルに飛行機が突っ込む映像が映し出され、場の雰囲気は一変する。事情がわかってくるにつれて、アラブ系である語り手に同僚たちの視線が刺さる。

### わたしたちはかつてシリア人だった

兄の孫娘が学校で書いた作文に触発されて、過去を語り始める大叔母。あちこちへ飛ぶ話のなかから、シリアで特権階級だった大叔母の矜持（きょうじ）や父の失脚による一家没落の経緯（けいい）、子供時代の思い出のなかに潜む毒、失われていくものへの悲しみと、これからの世代に希望を託そうとする気持ちが浮かび上がる。大叔母のひとり語りの最後に、問題の作文が置かれている。

### 三幕構成による、ある女の子の物語

本名は明かされず、ガール（女の子）と称されるだけの、思春期の入り口にいる女の子のヒリヒリした日常を綴（つづ）る。ダマスカス出身のムスリムである父親の一族では、なぜか男たちは女と交接中に死んでしまう。祖父に続いて父までも。実母でもシリア人でもない父の妻に施設へ放り込まれた

ガールは、学校ではいかにも多文化主義を標榜するような授業を鼻で笑い飛ばし、彼女を引き取り懸命に気遣ってくれる養親に、これ見よがしにスカーフをかぶってみせたりする。周囲に常に頑なな態度を取りながらも、ガールは心中では自分を受け入れてくれる人を、拠り所を必死に求めている。

一昨年暮れ、東京創元社編集部の佐々木日向子さんから、フランクフルト・ブックフェアの出版社カタログで目に留まったという本書を紹介された。一読して、これはまさに今読まれるべき短篇集だと思った。だが、本書はディラン・トマス賞、ＰＥＮ／ロバート・Ｗ・ビンガム賞、ジェイムズ・テイト・ブラック記念賞の最終候補となって評価はされているものの、メジャーな賞の候補となったり受賞したりしているわけではない。無名の作家のデビュー短篇集となると、いくら内容が優れていても邦訳出版にこぎつけるのは難しいのではないかと思っていたが、幸いに企画が通り、こうしてお届けできることとなった。本書の編集にも携わられ、訳者を支えてくださった佐々木日向子さんの慧眼と東京創元社の英断に、感謝と敬意を表したい。

アラブ文化には不案内なので、間違いや誤解があるかもしれませんが、それはすべて訳者の責任です。原文の不明点については、翻訳家の平野キャシーさんに教えていただきました、ありがとうございます。

ＢＬＭ運動や #MeToo 運動、性的マイノリティや移民の問題、今社会が抱えているこうした課題について改めて考えさせてくれるこの短篇集を、じっくり味わっていただけますよう。

ALLIGATOR AND OTHER STORIES
by Dima Alzayat



**訳者紹介**
小竹由美子（こたけ・ゆみこ） 1954年、東京都生まれ。早稲田大学法学部卒。訳書にマンロー『ピアノ・レッスン』、イングランダー『アンネ・フランクについて語るときに僕たちの語ること』『地中のディナー』、ファハルド＝アンスタイン『サブリナとコリーナ』、オファーレル『ハムネット』ほか多数。

**[海外文学セレクション]**

**マナートの娘たち**

---

2023年4月14日　初版

**著者**――ディーマ・アルザヤット
**訳者**――小竹由美子（こたけ・ゆみこ）
**発行者**――渋谷健太郎
**発行所**――（株）東京創元社
〒162-0814　東京都新宿区新小川町1-5
電話　03-3268-8231（代）
URL　http://www.tsogen.co.jp
**装丁**――岡本歌織（next door design）
**装画**――Elise Wehle
**DTP**――キャップス
**印刷**――理想社
**製本**――加藤製本


ISBN 978-4-488-01687-6 C0097